キッチンカー
『デリ・ジョイ』
―車窓から異世界へ美味いもの密輸販売中！―
りぃん Reen
ill ゆき哉 YukiKana
TOブックス

Kitchincar Deli JOY

-CONTENTS-

Illustration／YukiKana * Design／Atsushi Ogue + Tetsuya Aoki (musicagographics)

＊　プロローグ

その日は朝から気温がぐんぐん上がり、汗ばむくらいの暑さだった。

ときどき生温い風がふわりとそよぎ、夏が近づいてきたなと実感する。

営業終了まで十五分ほどの時間を残して、客足の様子を見ながら閉店準備を始める。

まずは営業車の周囲をぐるっと巡ってゴミ回収だ。ついでに、発電機や看板なんかを観音開きの後部ドアを開いて片付ける。

店《ウチ》に無関係なゴミだったとしても、きちんと拾っておくのが店主としてのルールだ。誰が落としたかが問題なんじゃなく、他人の批難の目はこの場所で営業している店に向くもんだ。放置されたゴミを見た客もイヤな気分になるだろうし、土地を貸してくれたオーナーも耳に入れば不愉快な気分になるだろう。

お客さんには気持ちよく買い物をしてもらい、オーナーには快く場所を貸してもらうために、キレイで清潔をモットーにしている。

外周が終わったら、今度は店舗内だ。

営業用の窓ガラスの内側に閉店のプレートを吊るし、換気のために反対の窓を少し開けてセット備品や細かい器具を要洗浄のアルミ缶の中に放り込む。空になった寸胴やフードパンをストッカーに移しながら、汚れた布巾でコンロ回りやカウンターをさっと拭く。

夏も近いし、そろそろ冷製デリもメニューに追加しようか。それとも——。


「あのー……」

営業用窓から外を窺《うかが》って、もうお客は来ないなと確認したところで窓を閉めた。

「おーい」

幹線道路を走る車の雑音が聴こえなくなったと同時に、背後から若い男に声をかけられてビクッと肩が跳ねた。

換気のためにすこし開けていた窓の外は企業ビルの外壁で、人が一人やっと通れるくらいのスペースしか空けてない。店主の俺に用があるなら、わざわざそんな狭い場所にある窓から声をかけなくてもいいはず。

俺は反射的に振り返って、開けていた窓の隙間を凝視した。

「ここは、なんですかー？　薬師様の店でしょうか？」

「はぁ!?」

俺は、おもわず変な声を漏らした。

だってそこには、兜《ヘルム》の隙間から金髪の前髪をたらし緑色の目を瞬かせるイケメン外国人の兄ちゃんが、覗き込んでいたのだ。

うえええええええっ？　コスプレ⁉　でもでも、兄ちゃんの背後には森とデカい石壁が見える！

そこ、どこだよ⁉　なあ⁉

＊　本日開店営業中！

高校時代からバイトを始めて、調理師専門学校卒業と同時に正社員になった弁当屋『愛彩《あいさい》』が、深夜の火事で燃えてなくなった。

住宅地とショッピングセンターの中間地点にある、パート三人と店長夫婦と従業員の俺で回していた小さな弁当屋。常連さんもいっぱいいて、ご近所じゃ美味い老舗《しにせ》扱いで愛されていた。

でもある晩、裏口に置いたゴミ箱と古新聞に放火された。厨房と休憩室と販売スペースだけの小さな店はあっという間に燃え上がって、またたく間に灰になった。周囲は空き地と畑だったから延焼もなく、それだけは不幸中の幸いだと焼け落ちた店舗を片付けながら店長夫婦と苦笑した。

店長の知り合いにトラックを出してもらって廃材を片付け、ぽっかりと開いたスペースの前に立って重い溜息を漏らす。

店長夫婦は、年齢的に再開は無理だと俺を含めた雇用者たちに告げた。この土地と自宅を売り払った金で田舎へ引っ込んで、第二の人生始めるからと頭を下げた。

さーて、どうしよう。いきなり無職の俺。

Deli

パートのおばちゃんたちは、運よく近くのショッピングセンターに揃って雇用されて一安心した。俺も誘われたけど、『愛彩』と違う味の料理を作るのはどうにも気が進まず、おばちゃんたちと激励しあって別れた。

色々考え悩んだ結果、総菜と弁当屋を始めることにした。

土地？　いやいや、車両を使った移動式屋台なんで土地は関係ないよ。

いわゆるキッチンカーってやつだ。

大変なのは、販売時間内だけ駐車ＯＫの土地を貸してくれるオーナーを見つけることだった。

もちろん、保健所の営業許可や食品衛生責任者の資格もいるけど、そんなの弁当屋に勤めてたから知ってるって。後は『食品営業自動車』と『食品移動自動車』の許可。これが最大の難関だったけど、必死の努力で掴み取った。

そして、店舗用のキッチンカーは、元常連さんのキャンピングカーを改造したものだ。

定年後に奥さんと全国各地へ旅行してたけど、こちらも年齢的に運転も野営も無理になってきたから免許返納したって。愛車を知り合いが活用してくれるなら嬉しいと言って、外国産のデカいキャンピングカーをただ同然で譲ってくれた。

それを、がつっと借金して改造し、『愛彩』の元店長から譲ってもらった中古の厨房機器や道具なんかを積み込んだ。受け取りに来た俺のキッチンカーを興味深げに眺めながら、元店長は人の好い笑みを浮かべて俺の背中に一発活を入れてくれた。

残る販売拠点問題だが、なんと好条件の二カ所を借りることができた。

一カ所は、やっぱり元常連さんの旦那さんが代表取締役してる会社ビルの空きスペースだ。企業ビルが林立し、車や人の交通量が多い目抜き通り沿いだから立地条件ばっちり！

もう一カ所は元店長のご友人がオーナーの、住宅地の真ん中にあるマンションの駐車場脇だ。

ビル街のほうは、十一時から十三時半までデリと弁当販売。住宅地は、十六時から十八時までデリのみの営業時間だ。


いらっしゃいませ！

キッチンカー『デリ・ジョイ』店長の透瀬《すくせ》 了《とおる》です。

さあ、開店！

＊　緊急事態発生！

ウチのキッチンカーは、わりと大きめの車体だ。だから、窓の高さも当然ながら高い位置にある。

この高さでお客さんと商品のやり取りをするのは大変だから、営業時は窓枠に引っかける小さなカウンターを設置する。

まあ、今それはどうでもいい。

問題なのは、現在その高い窓から顔を覗かせている背の高い兄ちゃんだ。

彼はキッチンカーを見て『薬師様の店か？』と、むちゃくちゃ的外れな質問を俺に投げかけてきたのだ。

当たり前だが、俺はこう答える。

「い、いいえ、ここは……弁当屋で、すが」

商売人の性で、つっかえながらも応対してしまう俺。でも、きょろきょろと後ろを振りかえったり前に戻して兄ちゃんの背後を観察したりの繰り返し。

俺の背後には、いつものビル街の大通りが営業窓越しに見えている。昼過ぎだが、車がいっぱい走ってる。でも、前に戻すと深緑が目に痛いほどの森をバックに、甲冑姿の異人騎士さんが緑の眼をキラキラさせながら俺を見上げている。

本当なら、そこはビルの茶色い壁面のハズなのに。

兄ちゃん、そこはどこなんだ？

俺、営業中に居眠りしてて夢でも見てるのか!?

「ベントウヤ？……薬師の店ではないのですか？」

「違う。違います！　弁当っていう箱に入った料理のセットを売ってます。ランチボックス！」

危険はなさそうな雰囲気なんで、そろそろと近づいて窓をもうすこし開けてみた。四枚ガラスで中央から両引きの一枚を、半分ほど。

騎士の兄ちゃんは首を傾げながらも、わずかに後退した。

そーだよな、普通なら警戒するよな。お互い頭の中が『？』だろうしなー。うん、とってもよく理解できる。

「ランチボ……？　旅の携帯食料……ですか？」

「いえいえ、保存食じゃなく、お持ち帰りの屋台飯です」

なんだろー？。

弁当は日本語だから理解できないかもしれないが、ランチボックスなら英語圏では通じると思うんだが。流暢《りゅうちょう》に日本語を喋ってるから、弁当で通じると思ってたんだが。それに、旅のって……。

駅弁ならわかるけど、街中の屋台で売ってるのに駅弁って思う人はいないぞ？

それ以前にだ。

なんで窓の外が異国なのかが問題なんだが、警戒心バリバリの兄ちゃんのせいで、いまだツッコめずにいる。

「持ち帰りの屋台飯……」

ゴクッと、兄ちゃんの喉が鳴った。

あ、微妙に怪しんでるけど、車内から漏れでてる料理の残り香が胃を刺激したな？　ははは……は。

ほんと、そこ、どこだよ！　誰か、俺にこのイリュージョンの種明かしをしてくれよ!!

俺の脳内は大混乱中で、そんな俺の事情なんかお構いなしで兄ちゃんの腹が呑気な音を響かせた。

「試しにちょっと、味見してみますか？」

「え？　いいのですか？」

「はい。残り物ですが、お口に合ったら次は買いに来てください」

もう、どう考えてもおかしな状況だけど、危ない人じゃなさそうなんで試食を勧めてみる。

食える物を売っていることを証明しないとこの兄ちゃんはいつまでも帰らないだろうし、食ってもらえば絶対に納得してもらえる自信が俺にはある。

壊れて使えなかったプラ容器に、唐揚げふたつと余ったご飯で作った小さい握り飯一個を入れて、そっと彼に差し出してみた。

兄ちゃんが恐々と受け取るのを息を飲んで見守りながら、途中でえっ？　と自分の目を疑った。

だって、俺が窓から差しだしたプラ容器が、なんでか竹皮モドキに変化してるんだぞ！　じつは俺が魔法使いだったのか⁉

容器が兄ちゃんに渡ったと同時に素早く手を引っ込めて、自分の手に異常がないかビクビクしながら確かめてみる。

……大丈夫だ。指は五本あるし、かぶれも高熱も変な気配も発してない。ふーっ。

そっと兄ちゃんに目をやると、包みをそろそろと開いて摘まみあげた唐揚げをじっくり観察し、匂いに我慢できず腹を括ったって顔で口の中に投入した。眉間にぐっと皺《しわ》を寄せながら二度三度と咀嚼《そしゃく》して、次の瞬間パァーッと光がさしたように浮かぶ美味しい笑顔。

今度は、確認することなく勢い込んで握り飯にかぶりついた。具は、これまた壊れたサケの切り身をほぐして混ぜて握った形良い三角おにぎりだ。異人さんに米はＯＫなのかと今頃ふと不安に思ったが、兄ちゃんはあっという間に完食した。

そこには、満面の笑みがあった。

料理人が求める笑顔が。

「あの！　凄く美味しかったです！　まだ、ありますか？　今度は買います」

どうどう、オチツケ！

息せき切って窓にかじりつく兄ちゃんにちょっと引いた。餌付《えづ》け乙《おつ》！　俺！

律儀に空いた竹皮容器を返されて、おもわず受け取ってびっくり。プラ容器に戻ってるよ。容器を掴んだ手が小刻みに震えてて、手のひらが冷汗でじっとり濡れていた。

「もう閉店なんですよ。明日のもう少し早い時間に営業してますんで……」

「はい、明日ですね。わかりました。また来ます。あ、おいくらぐらいでしょうか……あんなに美味くって、高いですよね？」

「一パック五百円ですよ」

「五百円って……異国の通貨でしょうか？」

異国？　まぁ、異国だけどさ。そっちが異国じゃ……？

「これです」

五百円玉を掌に乗せて、そっと窓の先向こうに出してみる。

うわーーっ！　銀色の大硬貨一枚が、なぜか茶色の四角い硬貨に変わってるよっ！

「ああ、五百ニルですか。それなら大丈夫です。また明日来ますね」

「ああ、はい！　お待ちしてま――あ！　あの！」

「はい？」

にこにこ笑顔で去りかけた兄ちゃんを、慌てて引き止めた。

引っ込めた手には、ちゃんと五百円玉。ニルってなに？　通貨だよね？　聞いたことない通貨なんだけど。

だから、これだけは訊いておかないと。

「そこ、どこですか？」

足を止めた兄ちゃんは、あんぐりと口を開けて絶句していた。

＊　そこはどこの国？

どこの国だ！

え？

ええ？

「知りませんか？　アルヴェード王国ですが……ダロス大陸の中央に位置する大国です」

聞いたことない。アルヴェード王国どころかダロス大陸って……。

世界中の国名を全部覚えているわけじゃないが、いくら専門卒の俺でもさすがに大陸の名前くらいは知ってる。

地球上にある大陸限定だけどな。

「……知らない。聞いたこともない」

「え？　でも、ここで店を営業してるのですし……」

俺の返答に、兄ちゃんの顔がいっきに強張った。

彫りの深いイケメンが厳しい表情をすると、すげー怖いんだよ。俺の脚が、無意識に後退しそうになる。

「お客さん、地球の日本って国は知ってますか？」

「チキュウ？　ニホン？……聞いたことないですね」

窓を挟んであっちとこっちで、ビビりながらも首を傾げて話し込む俺たち。お互いの顔からだんだんと血の気が引いていく。

危険というより、奇妙というか何か得体の知れない不安感に心がざわつく。

「俺は今、その日本って国の都市で、屋台を営業中なんです」

「ええ!?　でも、ここはアルヴェードの王都ベンリスの二番裏門のそばですよ？」

「……」

「……」

これは、もしかしたら、いわゆる『異世界』ではなかろうか。

それもこの窓の向こうだけ。

兄ちゃんの顔も、俺同様になんだか奇妙な表情になってきたぞ。怪しいが不気味に変化して、これは異常事態なんじゃないかって実感がこみ上げてきてるんだろう。

「あの……そっちから俺やこの店は、どんなふうに見えてますか？」

俺の質問に、兄ちゃんはぐるりと大仰な動作で窓周辺を眺め、最後に俺を凝視する。そして、またゴクリと唾を飲む。今度は緊張のせいだろう。

「まず、きみは髪と目が黒くて、私と違う民族の容姿をして見えます。服装は城下の商人のような平服で……店は……この窓の中しか見えません。建物も屋台も何もない。窓の外側は、私にとっては見慣れた風景が見えます」

もう驚愕の事実ってヤツだね！　何もない所に窓だけ浮いてるって状況だけでも変なのに、兄ちゃんはごく普通に俺に声をかけて来たし！

「よく、そんな変な窓の中に声をかけてきましたね！　お兄さん！」

「ああ、それほど変ではありませんよ？　上級錬金術士の薬師などは、得意客以外を締め出すために店を隠すことはよくあります。なので、そんな店だと思って声をかけたのですが……」

「へっ、へぇ～～。」

上級錬金……魔法で店を隠して……。やっぱり異世界確定だ。どうする、俺！

「おーい！　レイモンド、勤務時間だぞ！」

「はーい！　すぐ行く！　あの……明日また。気になるようなら窓を閉めてくださいいいいいい。では！」

誰かに呼ばれて威勢よく返事をした兄ちゃん改めレイモンドさんは、こそっと小声で忠告してくれると手を振って駆け足で去っていった。

俺は急いで窓を閉めて、慌ただしく閉店作業に取りかかった。準備中のプレートを出していたおかげで、営業用の窓から誰かに覗かれることはなかったけど、契約時間ぎりぎりなのに気づいてさっさと帰宅の途についた。

家へ戻ってすこしの休憩の後、次の営業用に料理の用意をする。でも、頭が異世界から離れなくて……。

恐いような、浮きたつような心ここにあらずだった。


おーまいがっ！

今度は別の異世界だよ！

昼は異国風だったけど、午後から営業の住宅地で繋がったのは、猫耳犬耳さんたちが住む異世界だったよ！

休憩と昼飯を取って落ち着いてから向かった住宅地では、さすがにあんな摩訶《まか》不思議は起こらないだろうと気を取り直して営業を始めた。駐車する場所の関係上、昼に異世界へ繋がってた窓での営業だったからドキドキしながら開けたけど変わらない風景が広がっていたし、開店してみたら問題なく現実世界のお客さんが来店したしでほっとした。

でも、なんとなーく気になってお客の切れた時を見計らい、好奇心に背を押されて物は試しと反対の窓をすこし細めに開けてみた。

もう、「うわーーっ！」だった。思わず漏れそうになった悲鳴を手で押さえ、すぐに窓を閉めてへたり込んだ。

今度は田舎の街道沿いだったらしく、土が剥き出しの道をその世界の住人がせわしなく行き交っていた。背景は、ずーっと続く大草原と真っ青な空。田舎出身の俺でも見たことない蒼い空。で、その異世界の住人たちはみんな揃って頭に動物の耳、尻に動物のしっぽがついていた。あっ、背中に羽がある人もいた気がする。

またコスプレかよ！　それも今度は擬人化！

というか、何を見ても『コスプレ』で納得してしまう日本人の多様性に、自分のことながらビックリだよ。

……どうしよう。こっちの窓は絶対に開けないほうがいいのか。

ビル街営業の異世界はすでに接近遭遇してしまったし、レイモンドという名の兄ちゃんと次の約束もしちまった。

あの人の好さそうな彼を無視して、今更なかったことにするのは良心が痛む。

ならば、あっちの異世界の営業のみをレイモンドさんと相談しながら続けてみて、慣れてきたらこっちの異世界にも……。

そこまで考えてハッとした。俺の中では、すでに異世界で営業するのは決定済みのようだ。その上、どっちを優先するかなんてことまで考え始めている。

なんという強欲。いや、これは商売人魂だ。そういうことにしておこう。

だってさ、新規顧客が獲得できるかもしれないんだぜ？　そんなにたくさんの相手はできないけど、ひとりでもふたりでも予約してくれるお客さんがいるかもしれない……し？

と思ってみたものの、かならずしもレイモンドさんみたいに良い反応が返ってくるとは限らないんだよな。

なにしろ、もうひとつの異世界は別種の生物だ。人と同じにカテゴライズしていいのかさえわからん。

それに、たまたまレイモンドさんの世界には『店舗を隠して営業する』って商売人がいたから、彼は仕事の一環として確認のために近づいてきた。だから怪しくは感じても偏見なく声をかけてきたんだし、売ってる物が食い物だってだけで営業形態に疑問は示さなかった。

食べてみて危険がないと知って、でも店長の俺自体が妙だったから内緒にして見逃してくれたんだろう。たぶん、要観察って感じか？

しかし、こっちの新たな異世界でも同じ反応が返ってくるとは限らない。こんな変な窓は、悪魔の仕業！　と即攻撃されたりするかもしれない。

そうなったら……絶対に窓を開けることはできないだろう。

だから、すこしの間はこっちから観察するだけにして考えよう。

うん！

＊ 唐揚げは共通言語！

新たに繋がった異世界が、今度は獣人っての？　ケモ耳プラスしっぽ種族の世界らしいのには愕然とした。

いや～～、参ったね。どうなっちゃってんの⁉　このキッチンカーは。

でも、不思議なんだよな。ＵＶフィルムが貼ってあるとはいえ透明ガラスなのに、ガラス越しじゃ異世界は見えなくて窓を開けると繋がる。試しに運転席のウィンドウを下げてみたけど、そっちはごく普通の住宅地とマンションの風景だ。もちろん、車を降りて回ってみたよ？　でも異世界じゃない。

つまりは、店舗スペースの窓だけが各々ふたつの異世界に繋がっている。

誰が何のために、こんな複雑なことをしたんだろう。

たまたま異世界への時空が重なったＳＦ説？

神様が俺のデリを気に入って繋げたラノベ的ファンタジー説？

俺としては二番目押しだけど、そうそう神様も暇じゃないだろうしなぁ。

取り合えず慎重に行動してみて、異世界交流してみようと思う。興味ないわけじゃないし、ここまで来たら試さないのは商売人として失格だ。

そんなわけで、まずはレイモンドさんとの意思疎通&情報交換にチャレンジしてみることにした。

だって、彼もなんだか妙だと気づいていたようだし、かといって接触を拒否するつもりもなかったようだ。あったら、去り際に窓閉めておけなんて忠告しないだろう。

さて、異世界交流！　レッツ　チャレンジ！


俺が最初にやったのは、レイモンドさん宛に手紙を書いたことだ。

内容は、窓からこっちの店内は異世界で、俺も異世界人であること。

なぜ窓が繋がったのか、俺も原因まったくがわからないこと。窓を通すと、こちらの金銭や物がそちら仕様になること。レイモンドさんさえよければ、お客として以外に個人的に親交を図ってみたいと思っている、などだ。

ただ、硬貨や物はあっち仕様に変化したけど、手紙の文字は大丈夫なのかといつもより早めに来て日本語を書いた紙をそっと窓から出してみた。すると、す～～っと文字が変化した。見たことない記号に。これなら大丈夫だろうと、手紙を小さく折りたたんで弁当につけた。

さて、翌日は本来の窓に準備中のプレートを出し、いつもより三十分ほど早い時間ながら、ビルの側面に向く窓を開けてみた。繋がっているのは、さっきのメモで確認済みだ。

「こんにちは！　約束通り買いにきました！」

すでにレイモンドさんが立っていて、思わず笑ってしまった。

元気で明るい笑顔を見てほっとしたのもある。それに、彼も俺が現れたのに安心したようだった。

まだ、お互いすこし緊張してるけどね。

「いらっしゃいませ。ご来店ありがとうございます。昨日は、遅くまで引き留めてすみませんでした。怒られませんでしたか？」

「ああ、ご心配は無用です。……ここは城から一番遠い裏門なので、すこしくらいの遅れは目を瞑《つむ》ってもらえます」

レイモンドさんは、周りを見回して声を小さくすると、こそっと話してくれた。

彼はどうも王都を取り巻く城壁の衛兵らしい。ただ、森林に囲まれた裏門みたいで、人の通りもすくないから暇そうだった。

「お弁当は、どれにしますか？　昨日のは残り物だったんであれしかお試しできなかったんですが、お売りする弁当はこの量になります」

俺は、チラシを彼に向けてゆっくり差し出した。カラー印刷のB五判のチラシが、わら半紙みたいな薄茶色の紙に変わり、弁当の写真が精密な絵に変わった。もちろん、文字もね。

「へー……色々あるのですねぇ。でも、すでに決めてきてます。昨日の料理がとても美味かったので、もう一度食べてみたかった。お願いできますか？　できれば、二包み」

おお！　異世界男子も、やはり唐揚げの虜《とりこ》か！

「はい。お供はパンかごはんが選べますが、どちらに？」

「ゴハン……とは、昨日の三角の品でしょうか？」

「ええ、昨日のは焼いた魚が混ぜてありましたが、今日は白いままですが」

＊　唐揚げは共通言語！

「では、両方を一つずつで」

「はい！　千ニルになります」

俺はそう告げると、いそいそと弁当を用意する。

通常のメニューにはパンはない。白飯一択で、おにぎりや炊き込み飯に変わる時があるぐらいだ。けど、中世イギリス風なレイモンドさんの佇まいから、主食はパンなんじゃゃ？　と思い、小型の少し柔らかめなフランスパンもどきを用意してみた。それの間にさっとマーガリンを塗って、サラダ用の葉物とポテトサラダをちょっと挟んだ。後は、塩結びで二つ目の弁当をこさえて、プラスプーンを付け輪ゴムで重ねた。そして、例の手紙を二つの弁当の間に挟んで差し出した。

「おまたせしましたー」

おおー！　輪ゴムがヒモに、プラフォークが木でできたニヌ（ふたまた）フォークになったよ！

「すごい！……こんな料理、初めて見ました」

「ありがとうございます。お口に合ったら、またお願いします。それと……手紙を挟んでおきましたんで、読んでみてください」

レイモンドさんがこっちに出した手には四角い銅貨が二枚乗っていて、でも目はもう片手に持った弁当に注がれている。俺は代金を受け取り、頭を下げながらなんでもない動作でこそっと囁いてみた。ちょっと気色悪かったか？　思春期の野郎みたいだよなぁ。

レイモンドさんは目を見張って俺を見返すと、しっかりと頷いた。

「それでは、さっそく味わいに戻ります。では！」

飛び跳ねる様に戻って行く彼の後ろ姿を見送って、俺はさっさと窓を閉める。

さーて、本来の営業に戻りましょう。

手紙を読んだ彼が、どんな反応を見せてくれるか楽しみだった。

＊ レイモンド　SIDE　僕の世界　僕の国

ダロス大陸の中央辺りに位置するアルヴェード王国の王都ベンリス。

そこで僕、レイモンド・オルウェンは男爵家の四男として生まれた。

この国の成人は十八歳で、家を継げない僕は王国軍に志願して、家から独立した。貴族家と言っても、爵位継承できなければ、それは平民と変わらない。

父よりよほど出来の良い長兄が家を継ぐのは自然な流れで、次男も三男も成人の年でさっさと家を出て、今ではふたりで開業した商会を大きく育てて繁盛させている。

若い頃からモテまくり男前の父に似た三人の兄は、揃って長身巨躯《きょく》に燃えるような赤い髪と蒼い目の派手な美形で、そんな多方面に才能を花開かせている兄たちからすこし離れて生まれた僕は、母に似て淡い金のふにゃんとした髪に緑眼の、平凡顔の中肉中背平々凡々な冴えない四男。特技と言ったら剣を振るくらいしか能がないから、独立しても行く先なんて軍人一択だった。

それでも、始めに配属された国境沿いの辺境砦《とりで》では下っ端兵士の役目である夜間の周辺巡回を文句も愚痴《ぐち》も弱音も吐かずにやり遂げ、上官に気に入られて分隊長補佐に昇格し、その一年後に王都への帰還辞令が出た。

やっと辺境砦から脱出だ！　と喜び勇んで二十歳の春に王都へ戻ったが、配属されたのは王城周辺守備兵とは名ばかりの城門衛兵だった。

国王と王家のおわす王城は二重の城壁で囲まれていて、その外側を幅広の堀が取り巻いている。城門衛兵は通行人の確認だけではなく、城門柵や跳ね橋の上げ下ろしも仕事だったが、僕の配置は王城敷地内の森林地帯に面した裏二番門と呼ばれるほとんど人通りのない城門だっただけに、はっきりいって暇でしかたなかった。

それでも夜番じゃないだけマシで、早朝の交代時に夜番組と顔合わせるたび苦笑いを交わした。

交代時間は、朝の食事時が終わった鐘三つ。日勤兵は起床後に朝食を取りに向かうのだが、宿舎に入っている奴らは大変だ。古い宿舎にある食堂は収容人数が小さく、朝の混み具合では食いっぱぐれることもしばしばだ。ことに新兵や新参兵なんて先輩や上司の手前、下手に場所取りして食っていようものなら後が怖い。

だから、空きっ腹を抱えての勤務になることもたびたびあった。

そんなある日の、交代前だった。

ご多分に漏れず、僕も眠気と空腹を抱えて配置場所に向かっている道すがら、視界の端に妙な物が映った。

僕らの世界では、魔力という第三の力を使って魔法と呼ばれる技が使える。ほとんどの人間に備わった魔力を生活や仕事に使うのだが、並みの人間には生活魔法と呼ばれる初期魔法が関の山だ。家事のための着火や洗濯物を乾かしたり埃《ほこり》を払う程度のそよ風。手洗いや喉を潤すための水。多少の得意不得意はあるが皆それくらいがせいぜいで、それ以上の魔法となると、一部の魔力量の多い人たちの領分になっていた。

その中に、錬金術士という物作り専門の魔法使いがいる。彼らは高度な術で色々な物を創り出し、ことに錬金薬師は、高価で効き目抜群の薬を作れるために王族や高位貴族のお抱え職として重用されていた。

その錬金薬師は、一見客や貧乏人除けに店舗全体を魔法で見えなくして、上客顧客だけのために窓のみの営業をすることがあった。

視界に入った妙な物は、その営業用の窓に似ていた。けれど、こんな辺鄙《へんぴ》な場所に加えて、王城敷地内に営業許可が出るわけはない。

眠気のだるさと空腹の苛立たしさの中、僕は無謀にも単独で奇妙な窓に近づいた。

ところが薬師の店だと思って声をかけてみたら、なんとそこはベントーという聞きなれない食い物を売る屋台なのだと、黒目黒髪に黄味がかった肌をした見慣れない異国の風体の青年は言った。

確かに薬臭さはまったくなく、代わりに空きっ腹をおおいに刺激する良い匂いが窓から流れ出てきて、恥ずかしながら腹の盛大な文句を聞かせる状況に陥った。

笑って味見をどうぞと、ベントーを差し出してくれた彼の名はトール。

そして、彼は僕が住む世界とは別の世界の住人で、窓の向こうは異世界なんだと教えてくれた。

そう説明されたが、僕は半信半疑だった。

だって、言葉も通じるし貨幣通貨も同じだぞ？　ただ、差し出された料理がまったくこの辺では食べたことのない形と味で、それさえも僕らとは違う遠い異国の味付けの料理なんじゃないかってくらいの疑いにしかならない。それだけじゃ、信用する理由にならなかった。

しかし……ベントーは美味かった。遠い異国の謎の料理だが、とにかく美味かった！

そのベントーと呼ばれる持ち帰りの屋台飯は僕の懐具合にも優しくて、宿舎の食堂よりも安い価格で満足できる量の美味い異国飯が食えるという。

これは、仕事の一環だ！　不審な店舗の確認だ！　と自分に言い聞かせ、翌朝の営業時間にまた伺うと約束した。

角銅貨二枚で、珍しい異国の美味い飯がたくさん食える。それも色々な種類があって、主食もパン（僕の知ってるパンより柔らかくて香りがいい）だけじゃなく米なる腹持ちの良い穀物も選べて
――美味すぎて泣いた。

なんといっても、鳥を油で揚げた『唐揚げ』と肉を細かく砕いて平たくまとめて焼いた『ハンバーグ』という料理は、味付けもソースも絶品だった。

こんなに美味いのに、トールは材料や調理法を詳しく説明してくれる。

商売人としてはどうなんだ？　と心配になったけど、こちらの客は僕だけだしあちらの世界では家庭料理のひとつだから気にするなと気前良く教えてくれる。

そんな具合で朝食をトールの屋台で密かに購入できるようになり、僕の朝は空腹に悩まされることだけはなくなった。相変わらず暇だが。

こっそり城門脇の待機所で食っていたら、自宅から通勤してくる相棒に見つかったが『卵焼き』をひとつ盗られて『早出の屋台か？』と言われただけですんだ。

すんだが！　俺の好物を！　許せん！　いつか呪ってやる！

しかし、トールの国は凄いなぁ……。こんな美味いものが溢れていて、多種多様な香辛料と調味料があって。

なんて、のほほんと呑気に思っていた時期が、僕にもありました。

味見だけは物足りない。

不審人物との遭遇だったたというのに、相棒にも上官にも報告せず、ただベントーのことで頭がいっぱいになっていた。何しろ宿舎の食堂で食った夕食が味気なく感じられて、明日の朝が楽しみなんて子供の頃みたいな高揚に寝るに寝られず、結局また寝不足になった。

朝になって現場に向かうと窓は見当たらず、もしかして昨日は白昼夢だったのか？　と不安になったが――いきなり窓が現れて、奥に笑顔の店主が立っていた。

この時、僕はまだトールから彼の素性を聞いておらず、ただ異世界のベントー屋台の店主としか知らなかった。

異世界と言われても、僕の国の言葉を流暢に話して通貨も知っている店主相手じゃ信じられなくて。もしかしたら城内を探る間諜《かんちょう》かとの疑いも持ちながら、彼が手渡してくれたベントー二箱を受け取った。

「――お手紙を挟んでおきましたんで、読んでください」

彼が金を受け取りながら小声で囁いてきた時、すでにベントーに意識を持って行かれていた僕は、動揺しながらも彼の顔を見上げた。

飯で衛兵の僕を釣るために……なんて、胡乱《うろん》な目で彼を見たかもしれない。

でも、ベントーを食べながらちらりと覗いた手紙の中身は異世界交流の申し込みで、ベントーの受け渡しの間しか会話できないから手紙を書いたという。

彼の名はトール。

トールは異世界で移動する屋台を営んでいて、昨日のあの時間、窓だけがこちらの世界へ繋がったのだそうだ。

それが何故なのか、どんな理由で繋がったのかトールにも原因はわからない。それに、トール自身は自分の国の言葉を使っているつもりなのに僕に通じてる上に同じ言葉で話しているように聞こえ、あちらの金銭や料理以外の品物や文字までが、窓を通すと僕の世界の物に勝手に変化するらしい。

証拠を出せない以上は信じられないと思うから、それは追々証明するとして異世界交流しないか？　との誘いだった。

まるで子供の読むお伽噺《とぎばなし》のようだ。

あの窓の向こうは、僕の住む世界とは違う異世界。言葉も金銭も品物もまったく違う、美味しい物がたくさんある世界。

もしかしたら、彼の作り話かも知れない。

手紙のやり取りの中で、衛兵の僕から城壁周りの警備体制や近辺の情報を収集するために親しくしようと誘いかけているのかもしれない。異世界という、変わった話題で僕を誘って……。

と、そこまで考えて、なんだか馬鹿げた考えだなと自分に呆れた。

彼が本当に異国の間諜だというなら、屋台を隠すほどの術を駆使できる魔法使いってことになる。

そんな彼が、暇な衛兵に料理を売ったり手紙で交流したりして情報を収集するなんて、そんな面倒な手を使うとは思えない。

それに、僕からの返事に警備や王城に関して詳細を書いたりしなければいいだけだ。

まぁ、用心だけしておいて、後は彼のベントーと手紙を楽しもうと開き直った。


そして、はじまった手紙と僅かな時間だけの交流。

トールとの窓越しの付き合いは、僕にたくさんの刺激をもたらした。

窓を通すと変化するってことを実証するために、僕らは少ない時間を使って色々と試した。位置的に見えなかったトールの手元を、彼は率先して僕に見せてから窓を通したりした。

本当に変化した！

トールの魔法かもしれない疑いは捨て切れなかったが、見たことない銀色の硬貨が角銅貨に変わる瞬間や、これまた見たことない質感の容器やフォークが、僕の知っている屋台で通常使われている木箱や二又フォークに変化したり……なんといっても、トールの国の文字や精密な色と線で描かれた絵が、紙の質や色もだが文字まで瞬間に変化したのを目にした時は、驚いたなんてもんじゃなかった。

それを手紙に書いたら、トールも同じく奇妙で気味が悪くて怖かったと返事が来て大笑いした。

そんなふうに僕らは互いの日常や家族のことを手紙で教え合い、飯を食って仕事をして、休日には家事や用事に振り回されて、彼女ができない侘《わび》しさにへこんだりと、世界は違っても同じような生活を過ごしているんだと知って安心した。

異世界の友人、と口に出してみて、なんだか妙に気恥ずかしく居たたまれない。いい年した男が、何を……と呆れながら恥ずかしさに寝台の上で悶えて丸くなってる自分がいる。

『別の場所でも屋台を営業してるんだが、そこで興味本位で窓を開けてみたら、レイの世界とは違う世界へ繋がったよ。それも、俺たちみたいな人間に獣の耳と尻尾が付いてる人種が住む世界だった』

今朝もらった手紙の書き出しは、そんな内容だった。

はぁ!? と、部屋で叫んでしまった。

僕らみたいな人間の体に、獣の耳や尻尾がついてる民族? なんだ、そりゃ!?

トール……仕事のし過ぎで幻覚でも見たのか? じゃなかったら、暇な時間に思わず寝ちゃって夢でも?

あまり無理するなよ? と返事を返したが、次の手紙には『俺も自分の目が信じられなくて、もう一度確認した。やっぱりいたよ！　どうしよう！　耳やしっぽだけじゃなく、背中に鳥や虫の羽を付けた人種までいたよ！』と。

働き過ぎで頭が……なんて失礼なことまで思ったが、僕と出会った謎の窓だ。もしかしたらってこともある。

だから、当分は様子見だけにしろ、と書いた。だってさ、獣の耳や尻尾やら鳥や虫の羽付きだぞ？　僕はトールと同じ種類の人間だから意思疎通できたのかもしれないが、もしかしたら彼らは獣に近い性質かも知れない。

理性がない人種とまでは言わないが、どちらの生き物に近い性質か分からない内は、下手に接触しないほうがお互いのためだろう。

辺境警備なんてやってたら人より魔物や獣と戦うことのほうが多く、奴らは自分の仲間以外の生き物には容赦がない。行き当たってしまったら、どちらかが倒れるまで戦うことになるのは必然で、そこに理性や情なんてものは介在しない。

その経験から、僕はトールに注意勧告した。

でも、トールって人が良いからなぁ。お人好しってのか平和ボケってのか、人一倍好奇心旺盛でどこか抜けてて、ちょっと心配だった。

おかしなことにならなけりゃいいが……。

＊　ケモ耳女子は好きですか？

レイモンドさんと俺のワクワク異世界交流という名の文通は毎日続き、すでに十日経っていた。

俺からの手紙の内容は、不可思議な現状説明のほかに、自己紹介を兼ねたこちらの世界の紹介やキッチンカーという屋台と弁当やデリの説明、一日の仕事の流れや異世界（日本）料理の説明などだった。

そして、レイモンドさんも同じように自身のことを書いてくれ、手紙の最後にはかならず『今日のベントーも旨かった』と感想を書き添えてくれるのが嬉しかった。


彼の本名は、レイモンド・オルウェン。年は二十一で下級貴族の四男。

現在は軍の宿舎住まいで、王城周辺警備兵だ。長身で逞《たくま》しく爽やかな彼には、警備兵って危ない仕事が合うような合わないような……。

二重に張り巡らされた城壁の二番裏門と呼ばれる、城から見て二枚目の城壁の森林地帯に面した城門の衛兵。この門を使うのは日に二回来る巡回警備兵と年に一度あるかないかの狩猟イベントの時だけで、通常は相棒と巡回兵以外は誰も来ないから暇で退屈な毎日なのだそうだ。

二人一組での守備だから、朝から晩まで毎日同じ相棒相手に会話するだけ。同じ立場だから、話題と言ったら家族の話と誰かが仕入れてきた噂話、後は週に一度の休みの日に何をやっていたか……ほとんど寝てるか、溜まった家事と買い出しで休みが終わったなんて侘しい話題。

なんだか身につまされるってか、俺も同じようなプライベートだ。

で、そんな日々の中で出会った俺たち。

初めて不審な窓を見つけた時は、衛兵としての責務から職務質問のために近づいたが、今じゃ毎日の楽しみになっている。異世界と言われても即納得とはいかないが、見たことも聞いたこともない美味い料理を食べることができるだけでも、幸運な出会いだと思ってくれているようだった。

どっちの世界の神様がやったことなのか知らないが、いつもなら存在するのかどうなのかわからないと思っていた神に感謝した。

ほんと、意表を突いた奇跡を起こしてくれたもんだ。

そして、手紙を挟んだ弁当と代金と一緒に差し出される返事を交換をしながら、俺たちは時間が許す限り会話を交わした。

今じゃ、レイさんトールと呼び合う仲だ。

「レイさん、毎日の購入は金銭的に大変じゃないのか？」

こっちではワンコインなんてサラリーマンの昼食代でも最低金額だけど、はたしてレイモンドさんの世界では同じ価値なのかと心配だった。

時々買うのなら心配しないが、毎日購入となると物価を知らないだけに彼の懐が心配になる。

「ああ、このベントー二つで千ニルは安いほうですよ。これだけ美味い料理をこの量食うなら、こちらでは銀一枚から二枚は必要ですし、朝食にうってつけです」

え？　朝食？　昼食じゃないのか？

「今、そちらは朝になったばかりの時間？」

「ええ、一般的には朝食時間です。僕らは日中警備の衛兵なんで、朝食を食ってから仕事開始なんですよ。屋台や町の食堂はまだ開店前なんで、相棒や他の兵は家か宿舎の食堂で食ってるんですけどね。だからトールの屋台と出会えた僕は幸運ですよ」

うわぁ。そうなのか。俺はこっちが昼時だから、まったく考えることなく同じ時間帯なんだと思い込んでいたよ。地球にだって時差があるのに、異世界にないわけがないよな。

少し驚いたが、にっこり笑うレイモンドさんを見て、お互いなんて絶妙なタイミングの出会いだったんだと神の采配《さいはい》に笑った。

時間だからと雑談を終らせてレイモンドさんを見送った。毎日違う朝食が食えるだけじゃなく、珍しく新たな味覚の料理を試せることが楽しみなんだと走って戻って行く彼の、その背に今日も一日頑張れと激励を贈った。


さて、例のもうひとつの異世界についてだが。

レイモンドさんの手紙にも書いてみたが、彼も当分の間様子見をして、慎重に時を待ってみたらどうかと助言してきた。

彼の世界にも『獣の耳や尻尾のある種族』なんか存在していなくて、俺の見た物を夢か幻覚だったんじゃないかと疑っていた。

まぁね、そんな妄想話に簡単にノってくるのは日本人でも一部のマニアだけだし、真面目な異世界人からしてみれば夢か幻覚じゃないかと疑ってもおかしくないよな。

一度しか覗いていなかったこともあって、俺自身も完全に否定できなくて、ならば再トライとばかりに窓を細目に開けてみたのだった。

結果、やはり存在してましたよ？

動物がそのまま二足歩行してるんじゃなく、俺たちと同じ容姿に動物の耳としっぽ、あるいは鳥類や昆虫系の羽が背中に付いてる人たちが……。

何度か観察して判ったのは、やはりレイモンドさんと同じく言葉が通じていることと耳や尻尾や羽のない人間はいないこと。

その世界は、現在あちこちで違う種族同士が戦争してる最中で、難民や流浪民になった人たちが、この街道を使って別の国へと避難しているのだそうだ。

どうして細目に開けた窓からそんな情報を得られたのかというと、なんとこの謎窓は街道を行き交う人たちが休憩に使う小さな空き地に立った大木の幹に埋もれているらしいのだ。その幹の下で休憩を取っていた人たちの会話を何度か盗み聞きしまして、纏《まと》めてみると世界情勢が知れた。

それで、本日も日課じみてきた異世界覗きを開始したんですが、とうとう現地の人に発見されてしまいまして……。

「お兄さん、何者？」

まん丸い大きなハシバミ色の目が一つ、細く開けた窓の隙間からこちらを覗きこんでいた。続いて聞こえた声は、少し警戒が混じった固く尖った女の子の声だった。

思わず息を呑んで、尻もちをついたまま窓から後退《あとずさ》ったのはいうまでもない。これは、覗きが見つかってしまった時の野郎の心境と反応だろうな。

「ねぇ、なんなの⁉　ここ！」

「え……あの、ここは屋台デス」

「屋台？　食べ物の？」

「ハイ……飲み物もアル、デスヨ」

なんで俺はカタコトになってんだよ！　女の子と話慣れてないからって臆してるわけじゃないからな！　女性客がほとんどのキッチンカー『デリ・ジョイ』なんだから、ごく普通に女性とは会話できるからな！

思いがけなく不意打ちを喰らって動揺してるだけだから……見逃してくれ。

「飲み物……どんなの？」

「コー……果実を絞った甘酸っぱい物やお茶なんかがある……ります」

「じゃ、それを一つくれる？」

なんだろう。

凄く警戒して不信感満載なのがビシビシ感じられるのに、彼女の注文が信じられない。俺を試しているのか⁉　試されているのか、俺‼

いまだ尻をついたまま距離を取って、片目だけの彼女を凝視した。

「いいですけど……そこに君以外に誰かいる？」

「なによっ、他に誰かいると困るっての⁉」

「いやいや。まだ開店準備中だから、いきなりたくさんの客が来ると困るからさ」

喧嘩腰の彼女を宥《なだ》めるために言い訳をしてみたが、すぐに納得できないのか間が空いた。

「――仕方ないわね。今ここには私しかいない。だから、もう少し開けてくれる？」

細く華奢な指が窓を開けようとしているが、なぜか空いてる隙間自体にも見えない壁があるみたいで、彼女の指は中空を掻いていた。

俺は立ち上がり、そろそろと窓へ近づいてもうすこしだけ開けてみた。

俺が近づいた分たたっと二、三歩後退した彼女は、やはり胡乱な眼差しを俺に向けてきた。

そんなことより、俺の目は彼女に釘付けだった。

凄く美人な猫系ケモ耳しっぽ女子だ！　それもツンデレ属性って！

ひゃほーい！

＊　残念猫耳美少女！

真っ先に俺の目を引いたのは、彼女の目。ケモ耳女子は、綺麗なオッドアイだった。窓の隙間から覗き込んでいた右目はハシバミ色で、左目は空みたいな透き通った青だった。

そんな両目の下に薄くソバカスが散っていて、驚くくらいに色白の肌につんと上向きのすっと通った鼻梁《びりょう》、そしてきゅっと端が上がった唇が引き結ばれていた。

すんげー美人さん。可愛いじゃなくて美人。その顔を、銀に近いペールブロンドのロングヘアーが包み、神々しいくらいに美人度を高めていた。

そして、俺の一番の注目点。両側頭部に突き出した猫耳。髪と同じ色合いの長めの被毛に覆われた、先が丸くカーブしてる大きめの猫科の耳が、綺麗な髪の間から生えていた。

オッドアイの西洋美少女の頭に猫耳。

やー、夢見てんじゃねぇ？　と自問自答してみたが、どう見直してもまぼろしじゃなかった。

ただ、惜しいのは、男物みたいな質素で暗い色の薄汚れた旅人姿だ。あのファンタジー物に出てくる茶色やアーミーグリーンの上下にぶっといベルトを締めて、色褪せたフード付きマントを纏っているってな格好。あれがキレイでカッコよく見えるのは、マンガやアニメ補正だからだな。

現物は、せっかく美人なのに残念なホームレスにしか見えない。なにしろ、服装もだが全体的に埃っぽくてよく見ると粉ふき芋みたいに土埃に塗れて白茶けている。すこし前までフードを被っていたおかげか、顔だけは被害を免れてるが、手なんて土いじりしたかのようにカーキ色に染まってんぜ。

あーっ、風呂に突っ込みてぇ！

しかし、それだけに厳しい世界なんだなと、頭の隅で思った。

「一旦窓を閉めるけど、ちょっと待っててな」

それだけ言って、返事を待たずに窓を閉めた。

営業中の窓の外を確認して、俺を見てすぐに寄って来たお客さんの相手をして、それから大き目の陶器のマグカップに氷を入れてリンゴジュースを注いだ。

「ほら、これ飲んで」

細めに開けた窓から彼女とその周りに人気がないのを確かめると、半分ほど開けてマグを差し出した。

じりじりと寄ってきて、さっとマグを掻っ攫《さら》うと鼻を近づけて匂いを嗅いで……まぁ、人間もやるけど頭上の耳があちこち向いてるのを見ると、本当に猫だなと。

イイ香りにこわごわ一口飲んで、ぴゃーって感じに目と耳としっぽが躍った。隠れていた尻尾が、一気にマントの裾を引っ張り上げてるのを見て、俺は思わず噴き出した。

そこからぐぐっと雄々しく飲み干して『あ〜っ！』と声を上げ、満足そうに目を細めた彼女にまたまた笑った。なんだよー、美人で可愛いのになんて男前なんだ！

これがそこの世界の女子力なのか!?　嫌じゃないけど、なんだか何かに負けたような気がするぞ。

「ども、ありがとう。……いくら？」

「いや、ここのことを黙っててくれたらタダにしてあげる」

「うん！　いいわよ。黙っててあげる。で、本当にここは何なの？」

ぐっと突き出された空のマグを手を伸ばして受け取り、ちょいちょいと手で招いてみた。警戒している雰囲気は少し緩んだみたいだけど、まだ眉間が寄ってるな。でも、ここからは小声で話さないと、人の耳目に引っかかりそうで怖い。

俺の誘いにそろそろと寄ってきて、ちょこんと窓枠に指先をかけて覗きこんできた。でも、高さがあるから背伸びをしてやっとって感じかな？

「だから屋台。ただし、店の中は君のいる世界と違う世界。わかる？　異世界！」

「お兄さん、何言ってんの？　頭おかしいの？」

おい！　鋭い突っ込みだな！　ただで美味いモン飲ませてやったお兄さんに対して、ちょっとは真綿に包んで返すってことはできないのか？

……泣くぞっ。

「うがっ！　それならさっきの飲み物、飲んだことあるのかよっ！」

まぁ、分かるよ？　レイモンドさんだって、最初は信じてくれなかったさ。俺ですら、頭と目がおかしくなったんじゃないかと混乱したしさ。

でも、真実なんだ。俺は君の世界の住人じゃない。

俺が勢いで問い返すと、ケモ耳女子はぐっと唇を噛んだ。

もしかしたら、彼女の世界にもリンゴに似た果物は存在してるのかもしれない。でもそれを絞って、ヒエヒエで出すことは簡単じゃないだろう。

その上、彼女から見ると、俺の店は大木の中だ！

「の、飲んだことない……」

「だろー？　ほいっ、次。これは食ったことあるか？」

ハンバーグの付け合わせに揚げてあったポテトフライを、一本摘まんで彼女の口元へ差し出した。何の躊躇《ちゅうちょ》も見せずにぱくりと口を開けて食いついた。

「ん〜〜っ！　んんっ！　んぁ」

あのー……美人な猫耳の雛鳥《ひなどり》が口開けて催促してますが、マジで餌付け乙なんでしょうか？　それに、可愛い口の奥に尖った牙が見えてますが、それで噛まれたら穴が開きそうですが？

仕方なしに、冷えて商品にならなくなった俺のポテトフライを小袋に入れて渡してやった。

やっぱり、こっちでも変化したよ！　紙袋が謎の葉っぱで作られた容器になった！　こっちの異世界は、レイモンドさんトコより少し文明的には下かな？

そして、埃だらけの美少女はポテフラ銜《くわ》えて、あまりの美味さに興奮してテンション高く跳び上がりクルクル回りだした。

美味いか、そうかそうか。うひひ。

「あ、今日はこの辺でな。また明日」

お客様がご来店だから、焦りながらちらっと手を振って窓を閉めた。あっちからもこっちからも、見られちゃ困る窓の外。お客さんが覗きこんだら、反対の窓の外に向かって独り言を呟いてる不審な店長にしかみえないだろうし。

いらっしゃいませーと明るく声を上げて、新たなお客様を迎える。俺のメインはこっちの世界だ。あちらはおまけみたいなもんで、顧客獲得のために俺が戦うのは、俺が今いる世界だ。

まぁ、現実は手が回らないってだけなんだけどね。

その日の出来事は、もちろんレイモンドさんの手紙に詳しく書いたのはいうまでもない。

日本人のカルチャー慣れした感性なら『へー』で終わるだろうが、人間の頭に獣の耳が生えてる人種なんて、絶対にその目で確かめない限りは信じないだろうさ。

だから、真偽はともかく面白いことがあったって話題のひとつとして書いた。真面目なレイモンドさんの返事が楽しみだ。きっと、俺の過労が心配だと書いてよこすんだろうな。

ちなみに、彼に俺の年齢を教えていない。それは何故かというと、悔しいからだっ。

コーカソイド系な彼のルックスはどうみても俺より年上に見える上に、兵士として鍛えてるから逞しいし、俺より背が高ぇ！

それに、彼も俺をすんなり年下だと思い込んでるみたいなんで、そんな彼に俺のほうが一つ年上だ！　とは、なんか情けなくて訂正できないんだよなぁ。だから、そっとしておいてくれ。

さてさて、猫耳女子は何歳なんだろう？

え？　女の子の年齢を気にするもんじゃないって？　いや、よくファンタジー物にあるじゃん。見た目は若いのにロリババ……じゃない、成長速度が遅くて長寿な種族とか。彼女がそんな種族なら、子ども扱いは悪いかな？　と思っててさあ。

ほんと、いくつなんだろ。

＊　大混迷！

午後の営業の最中、いきなり中井が現れた。

さっきパン屋へ仕入れに行った時、店番してたお母さんが『今日は振替え休みで、出かけたのよ〜〜』とか言ってたな。それでかぁ。

中井は調理師専門学校時代の友人で、パン屋の跡継ぎとして入学してきた。

垂れ目がチャームポイント（笑）の人好きのするイケメンで、出会った当初は愛想が良くて明るい性格のヤツに感じた。

ヤツに対して『イケメン滅びろ！』なんて反感を覚えたりはしなかったが、なんで天はひとりに二物も三物も与えるんだ！　と憤ったりはした。だが、親しくなってみると、二物三物を一蹴するほどのデッカイな欠点が隠されていたことに気づいた。

なんと、あの愛想の良さは営業スマイルで、親しくもない相手には仮面の外面を作って対応するんだとか。反対に、親しい相手の前じゃ無口で不愛想、無表情に加えて怠惰《たいだ》ときた。始めはあまりの変わりように戸惑ったが、付きあいが長くなるにつれて奴の扱い方にも慣れてきた。

元々、コミュニケーション能力が低くて対人関係の構築が苦手なんだそうで、たくさんの友人よりも、すくなくても長い付き合いができる友人がいいんだとか。

まったく、複雑なんだか単純なんだかわからん奴で、面白いよ。

ちょうど多忙を極めている最中だったために無言でヤツを引っ張り込んで、替え用のエプロンを付けさせて強引に窓口に立たせた。

さすがはパン屋のアイドル君だ。グダグダとぼやいていたのに、お客さんを前にしたら途端にやる気スイッチが入り、営業スマイル全開で華麗な客さばきをご披露してくださった。

初夏も過ぎて本格的に暑くなってきて、デリのメニューも一新して限定メニューとして冷製物を追加してみたら、思いのほか客受けした。その分、多忙になったけどね。

「茄子の冷製煮びたしに凍結トマトのカップサラダねぇ。しっかし、わざわざ面倒なメニューを増やすって無謀だな」

やっと客が引けたところで、やる気スイッチが切れてイケメン度が下がった中井が、手にしたチラシを振り振りぼそりと意見してくれた。

わかってるよ。身に染みてるよ。

「仕方ないだろー。『使え』って茄子とトマトを大箱で貰ったんだからさぁ、使わないわけにいかんだろ?」

「夏野菜の恐怖だな……」

そう、夏野菜の恐怖。

ハウス栽培などの大量生産安定供給と違って、家族経営の農家や小規模農園は旬に収穫して出荷する。ことに夏野菜は旬の期間が短いから、その間に必死に収穫してどかっと出荷する。で、商品価値のない品も、短い旬の間に食いきれないほどの量になる。そんなB級品を『使え』の一言でタダで貰えるのはありがたい。

でも、加工保存しておける程度の量じゃないから、新鮮な内に店頭に出すとなると期間限定メニューにするしかないんだ。

そして、そーゆー商品は、得てして予想外の売り上げになったりするのだ。

「トマトならソースに加工しとけば別のメニューに使えるんだが、茄子が問題でな。せっかく新鮮な茄子だし！　と張り切った挙句の結果がこの嬉しい状況です」

営業スマイルを消し去った無表情鉄仮面は、目を細めて冷笑混じりの苦笑を俺に向ける。こーゆー点が中井らしいと言える。

『自業自得だ。馬鹿が』と説教する場面なのに、呆れ顔で苦笑するだけ。本心からばかにしてるわけじゃなく、この苦笑は『困った奴だなー』ってくらいのものだ。

で、それはお互い様ってもんだ。

中井は駄賃代わりに出したカレー丼を食べながら、熱気の篭《こも》った車内に耐え切れずに自然な流れで例の窓に手をかけた。

あっ、と声が出そうになったところを堪えた俺に、ヤツは胡乱な目を向けた。

「む、虫が入ってくるから、開けるならすこしにしてな？」

こっちは猫耳女子の世界だ。街道沿いの休憩所らしい空地となると、誰がいるか知れたもんじゃない。ケモ耳人種に出会って、幻覚だ何だと騒ぎになるのだけは避けたい。

ドキドキしながらも意識してぼんやりしているふうを装い、目だけは窓に固定した。

そして、中井がゆっくり開いた窓の向こうに焦点を定めたんだが——そこにはマンションの外壁があるだけだった。

え？　だよ。中井がいなかったら、『ええええ⁉︎』と奇声を漏らしてただろう。

「も、もすこし開けていいぞ……」

俺の言葉に窓を半分まで開けた中井は、ぐったりとカウンターに寄りかかって食事を再開した。

アンニュイな能面イケメンが、プラ丼を手にカレーを掻き込む姿の向こうは、やはりクリーム色の外壁だった。

なんだろう。なんで俺が開くと異世界に繋がって、中井が開くと繋がらないんだ？

ぬるーい小型扇風機の出す風が、汗でべとつく俺の首筋を撫でていく。いつもなら気休めだけど涼しいと感じるそれが、今は嫌な冷汗を煽って不快にしか感じなかった。

その日、閉店まで開け放しておいた窓は、中井が去った後も外壁だけしか見せなかった。


その偶然起こった結果を、レイモンドさんの手紙に書いた。他人に頼んで実験なんてことはできないから、偶然だけど確認ができて良かったと思う。まぁ、謎が増えただけだけどね。

偶然知り得た不思議現象に、俺の中でいろいろと確かめてみたい欲求が湧いてきた。

例えば、あの窓から俺は異世界へ出入りできるのか。こっちの世界の物質は、なんでも向こうへ運べるのか。なんてことを。

そんなことをぼんやり想像していた最中に、そういえば猫耳女子が開いた窓からこちら側へ指の先すら入れられなかったことを思い出した。

レイモンドさんも、窓からこっちへは手を入れてきたことない。でも、俺はいつも窓から腕を伸ばして商品を手渡している。なら、全身を向こう側へは？

頭の中で、窓から異世界へ降り立った自分を想像し、そして窓から戻ろうとして帰れなくなって……怖い！　帰還が確約できない実験は無理！

俺は、興味はあっても異世界へ行きたいなんてまったく思っていないし、できたら弁当やデリを間に挟んで交流してみたいと考えているだけだ。

その交流だって、営業戦略としてたくさんの顧客獲得がメインなんじゃなく、偶然出会って縁があったら、こっそり自慢の料理を食べさせてみたいだけで――まるで密輸だな。異世界へ料理の密輸だな。

こっちの材料で作った料理を、あっちの金銭で売買してんだもんな。また、その異世界の金銭がこっちの世界の貨幣に変化するってのは、よく考えてみると恐ろしいことだ。

俺が受け取った変化後の硬貨は、本当に本物なのか？　レイモンドさんの世界から見たら、俺は商売をしていながら許可は取ってないわ、あるかわからないが税金は払ってないわ、加えて彼の世界の流通貨幣を減らしてる原因だ……マジで密輸業者だった。あちらの世界で捕らえられたら、犯罪者として死刑かなぁ。

そう思ったら、なんだか背筋が冷たくなった。

そんな俺の不安をよそに、明るい笑顔のレイモンドさんはいつも通りに弁当をご購入。いつも通りに手紙を挟んだ弁当二つを手渡して、ちょっと頼みごとをしてみた。

「レイさん、そこから店の中を見て何が見える？　俺の声以外の音は聞こえる？」

俺が確認のためだと話したからか、彼は真面目な表情でしっかり覗き込んだ。

「トールの背後はよく見えない。白くて薄いカーテンが掛っているような感じだな。それに、何の音も聞こえない」

「なるほど……じゃあ、この窓からこっちへ手を入れてみて？」

詳しいことを話さない俺の頼みにレイモンドさんは眉間を僅かに寄せながらも、ゆっくり片手を伸ばしてきた。もう片手が、弁当を大事そうに抱えているのが笑える。

そして、その手は閉じた時に窓ガラスがある位置と同じ所で停止した。

ぐぐっと、彼の眉間の皺が深くなった。

「……これ以上は無理だ。見えない壁がある」

いつも何気なく弁当と金のやり取りをしているだけに、その事実はレイモンドさんを驚かせたようだ。

指先が触れた透明な壁を、今度は手のひらを押しつけたり撫でたりし確認する。

窓ガラスのない開口された空間の隅々まで手を伸ばしても、どこからも中へは侵入できなかった。

俺たちは互いに見つめ合って、湧き上がった謎に対する怖れを共有した。

「悪いね……変なことに付き合わせて」

「いや、元々はおかしな現象から始まった付き合いだ。気にするな。また何かあったら言ってくれ。私も結果がわかったことで少し安心する」

安心というが、謎が増えただけなんだが。

「うん。手紙にも書いたんだけどさ、ちょっと怖く思ったことも書いたから。でも、変に気に病まないでくれな？」

苦笑を交わすしかない。こんな謎現象を間に挟んで付き合ってんだからな。それをやめない俺たちもどうかしてるが。

俺に頷いてみせたレイモンドさんは弁当を抱え直し、職場に向かって踵《きびす》を返して歩き出したが、はたっと足を止めて振り向いた。

「ああ、伝えることがあった。明日から緊急遠征に駆り出されることが決定した。朝の弁当は買いに来るが、明後日から当分は来れない。承知しておいてくれ」

え？　緊急遠征って、魔物の討伐とかかな？　でも、それを聞くことはできない。お互いに妙な疑いを避けるため、仕事の内容に関する詳細は言わない書かない訊かないと約束した。最初に自己紹介みたいな手紙のやり取りしちゃったけど、その後はお互いに禁止事項と決めたのだ。

だから、詳細は尋ねない。

「うん。了解した。無事に帰ってこいよ？」

「ああ、では！」

いつもよりすこし元気のない後ろ姿を、そろそろと窓を閉めながら見えなくなるまで見送った。

寂しくなるなぁと思いながら、俺も仕事を頑張るか！　と気合を入れた。

＊　彼女の世界の現実は

翌日、やっぱり元気のないレイモンドさんに弁当を渡し、励まして見送った。

この後、将軍からの訓示を受けて出発だそうで、いつもの守備兵の部分アーマーじゃなく、フルアーマーでの戦闘らしく大荷物を担いでいた。歩兵行軍とかじゃないよな？　馬車か何かに乗って行くんだよ……な？

今から疲れ切ってる背中を見て、なんだか落ち着かない気分になった。

それでも、振り返れば俺の戦場がある。それが現実だ。

だから気合を入れ直して、俺は俺の世界で仕事に精を出した。

常連客ができてくると、好みや志向などが顧客データとして蓄積されてきて、予測作業でデリや弁当をさばいたりできるようになる。ワンオペ当たり前の俺の店だから、そこは早急に流れを作らなければいけなかった。その上で、好みに応じた新メニューを的確にお勧めしたり、ご要望なんぞを訊いてみたりもする。

そんなふうにキッチンカーでの作業に慣れてきて、休憩タイムを少しずつ取れるようになってくる。そんな時は、新メニューを考えたり、次の仕入れや補充品を確認したり、それから――。

中井が窓を開けて以来、期間限定メニューと夏野菜に振り回されたこともあって、その週いっぱい窓を開けなかった。

そして、翌週の月曜の午後。定番メニューと夏メニュー少々に戻して、体力と手間と気持ちに余裕が生じた瞬間を狙い、窓の取っ手に手をかけた。

さすがに、もう彼女はいないんじゃないかなと思いながら、様子見のためそーっと窓を開けると。

ええ、居ましたよ。開けた途端に隙間から丸くて青いほうの目が覗きこんできましたよっ！

「…やっと開いたっ」

花が咲き綻んでいくような笑顔が俺を出迎え、嬉しそうな小さな囁きが聞こえた。窓に最接近しているせいで、フードの中の耳も見え、目も耳も俺に向けて集中してるのが見て取れた。

なんだか嬉しい気分と申し訳ない気分の入り混じった複雑な心境で、数日間の無視《シカト》を反省した。

「待ってたか？　ごめんな。こっちの仕事が忙しくて大変だったんだ」

「それなら、仕方ないわねっ。でも、五日も私を待たせた罪は重いわよ？」

待たせたって……そこは街道沿いの空き地でしかないはずだよな？　猫耳女子の上から向こうを眺めてみるが、相変わらず草原が続いてて住居地らしい陰すらない。一体、彼女はどこから来てるのやら……。

それにしても、相変わらず土埃に塗れた旅装束っぽい姿だ。まさか、野宿して俺を待ってたなんてことないよな？

「お前、毎日来てたのか？　家は近いのか？」

俺の拳が通るくらいの隙間から辺りを見回して、それから猫耳女子に尋ねた。

と、彼女の大きなオッドアイが細められ、目尻がきゅっと吊り上がった。あれ？　これって、少し怒ってる？


「私の名はフィヴ！　白銀豹《ひょう》族のフィヴよっ。お前なんて呼ばないで！」

ああ、俺の口調が気に入らなかったんだな。年頃の女の子に、「お前」はないか。またもや反省。

「ごめんごめん。俺はトール。異世界のニホンって国の人民だ。フィヴは猫じゃなくて豹だったのかぁ。へぇ～～」

俺が物珍し気にフードの頭の辺りを見ると、フィヴはばっと勢いよく頭を両手で押さえた。まるで見るなと言わんばかりの仕草に、なんだかセクハラ野郎認定されたみたいで、慌てて視線を落とした。

でもな、視線を落とすと窓の高さ的に、フィヴの鎖骨辺りっつーか……胸……うはっ、ぐっと盛り上がってる胸元に目線が行っちまうわけで、どうしろと。

「家はないわ……この近くの避難地区に身を置いてるのよ。私の住んでた所は、隣国との戦争で戦場になっちゃったの」

「あ……」

そう言えば、旅人らしい連中が話してたな。あちこちで戦争が起こってるって。じゃあ、フィヴは戦争難民か。なら、この格好は仕方ないのか。戦場になった故郷から、命からがら逃げて来たんだろうし。

「悪いこと聞いちゃってごめん。お詫びに、今日はこれをあげよう。フィヴは一人か？」

フィヴがいたら渡そうと思っていた、サンドイッチとクッキーの袋。サンドイッチは、中井が俺に「休憩に食え」と言って寄こした物で、半分嫌がらせが込められたバタークリームにジャムのサンドイッチ。

俺が甘すぎる物は苦手だって知ってのことだから、この間の仕返しだな。クッキーは店内で割れてしまった引き取り品。持って帰っても、俺は食わない。団子ならＯＫなんだがなぁ。

なので、この始末はフィヴの胃袋にお願いしよう。

二つの品物をフィヴの目の前に差し出すと、また謎の葉っぱ包まれたサンドとクッキーが彼女の前に。密閉容器じゃないから、きっと甘ったるい匂いが届いてるだろう。

すぐに色違いの瞳をキラキラさせて、見たことのない食べ物だけに遠慮がちにそろそろと両手を出して受け取った。

「うん……一人。父さんと兄さんがいたけど、戦争に駆り出されちゃってるから、今はお互い行方不明になるわね……」

「なら、これはフィヴだけで食え。ただ、他の人に見つかるなよ？」

「うん！　誰にもやんないっ」

厳しい話題を出してしまったと反省しつつお詫び品を渡したのに、ご本人はもう胸に抱え込んだ甘い匂いの食い物に夢中だった。

はぁ〜。

「それにしても……一人で大丈夫なのか？」

避難地区と言っても、女の子一人でうろつくなんてお兄さんは心配だぞ。なんかな、俺に妹がいたらこんな気持ちなんだろうな。

あからさまな心配顔で見下ろしていたらしく、不意に顔を上げた彼女の色違いの双眼は、そんな俺の心情を撥《は》ね飛ばすほど力強い光を湛えていた。

「トール、本当に異世界人なんだね。私たちみたいな耳も牙もないし。そんな風に心配してくれるなんて、そんな人は私の周りにはいないよ？」

「いないって……。でも、女の子一人じゃ――」

俺はびっくりした。

だって、女の子が一人で逃げて来てるんだぞ？　一緒に同じ辺りから避難して来た人たちだって――その中に大人だっているだろう？　そいつらは、何してるんだ？

「あのね、私はもう子供じゃないのっ。親から独立して――あっ」

フィヴが俺への抗議を始めてすぐだった。いきなり後ろを振り返りながら抱えていた食べ物をマントの中へと素早く隠した。

「誰か来た。トール、ありがとう。またね」

「あ、ああ。またっ」

振り返ったまま俺にお礼を告げると、フードを引っ張って目深に被り直し、足早に街道へと駆けて行った。

まだ姿は見えないがフィヴの察知能力を信じて、窓を細目に開けておくだけにする。こうしておくと、どうも樹の幹に紛れているからか、音は聞こえど見つからずにすんでる。

俺は営業を続けながら、時々耳を澄まして情報収集をしていた。

そして。

木の下で休憩を取っていた、避難民らしいふたり連れがする不穏な話題を耳にして、俺は居たたまれないほどの不安を覚えた。

＊　白銀豹族フィヴ　ＳＩＤＥ　私の世界　私の生き方

私はフィヴ。十七才になったばかり。

数少なくなった白銀豹族の純血種。

私は、戦士の父と兄の三人家族で、獣種の国である獣王ライオットが統治する、ディクレール王国の森に棲んでいた。

広大な国土のほとんどが森林地帯のディクレール王国は、大獅子《じし》族の獣王ライオットが住む王都一帯を獅子族の領地が囲み、同じように虎、狼、山猫、狐、豹、猿の各種さまざまな一族が領地を与えられて棲んでいる。

豹族は、黒豹族に斑《まだら》金豹族、そして私たち白銀豹族の三つの一族がいて、森林地域の南に棲み処にしていた。族の区別なくみんな親しく付き合い、血が混じることにもなんの蟠《わだかま》りもなく、今では純血種はすくなくなってきている。それも時代の流れだと父は言うけど、純血種がまったくいなくなったら『族名』はどうなるんだろうと不安に思う。

それは他種族も同じで、獣王自身ですら僅かに金獅子族の血が入っていると噂されている。

そして、ディクレール王国の隣りには、竜王ジェルシドが統治する竜種の国があり、その二国を囲むように三日月の形をした翼王シドーの有翼種の国があった。

三つの国は、数年前までは交流も盛んで、その国の許可さえ取れれば移住もできた。互いの長所短所を補い合いながら政治や商売や生活を営み、長い間それでうまく過ごしてきた。

ところがある日、突然その平穏が壊れた。いいえ、壊された。

竜王ジェルシド率いるドラグーラ国が他の二国へと、いきなり宣戦布告したのだ。

二国の王は慌てて使者を送った。何が原因の宣戦布告なのだと。でも、竜王はそれに返答せず無視し、竜王軍兵を各地へ送り込んで来た。当然、なんの準備もしていなかった二国は大打撃を喰らって後退するしかなく、戦線はまたたく間に拡大した。

攻め込まれた二国の王は話し合い、その結果として出した結論は、領土拡大を含む竜王の覇権狙いだろうということだった。

最初こそは竜王が圧倒したが、そこから一進一退の長い戦争が始まり、今ではじりじりと戦火が南へと下って来ていた。

戦士だった父と兄は獣王の元へ走ったまま戻らず、一人残された私は燃えあがる棲み処の森を背に、仲間たちと逃れるしかなかった。そして、辺境の草原地帯へ避難した時には、その仲間たちとも別れ別れになってしまって……。

避難地区生活も、すでに半年になった。

北と違って南は気候が穏やかで過ごしやすく、偏りはあるけど食料はそれなりに手に入った。でも、避難地区に人が溢れてくればそれも足りなくなってくるだろうし、男衆は戦場へ駆り出されているから、女衆が多い避難民では狩りや採取が捗らなくなる。

そんな心配が目の前に迫っている中、私は一人で街道を中心にうろついていた。

「フィヴ、毎日どこに行ってるの？」

避難地区で出会った、私より少し年上の赤金狐族のリーラが、私を探していた。

先の尖った金茶の長めの耳と、ふっさり長毛の尻尾を垂らした長身の彼女は、耳と同じ色の癖っ毛の間から覗かせた金色の目で、私を頭の天辺から足の先までちらちらと眺めた。

「食べ物探しよ。森じゃないから中型の獣がすくなくて……」

草原には小型獣しか生息していなくて、肉食中心の獣系のには物足りない。それでなくても育ち盛りの子供たちが多く、麦や粟や野草なんて付け合わせにもならない。

リーラに纏わりついてた彼女にそっくりな弟妹たちが、鼻を引くつかせながら私に絡んできた。

「なんかフィヴから、甘くていい匂いがするー」

「あ、ほんとだぁ」

しまった！　と思った時には、もう遅かった。三人のチビたちが私のマントの中へ顔を突っ込んで騒ぎだした。

自分だって鼻が利くんだから、他の人たちだって簡単に匂いを突き止めるだろうってことを失念していた。どうしよう…。トールのことは、絶対に言えない。

「花が…一杯咲いてたとこを歩き回ってたから……かな？　きゃっ！　ちょっとぉ！」

必死にしどろもどろの言い訳をしながら、マントに潜り込んできたチビたちを両手で払っていた時だった。ちびの内の誰かの手が、私の胸を思い切り鷲掴《わしづか》んだ。

勢いマントを振り払って、チビたちの頭を掴んで力一杯押し離し、リーラの側へと逃げ込んだ。

「フィヴの乳でけぇー！」

「フィヴの乳、すげーいい匂い！」

なんてことを大声で叫んでいるんだ！　こいつらー！

興奮しながらも悪意のない満面の笑顔で私を見上げるチビたちに、涙目で拳を振り下ろそうとしたが、それより早くリーラの早業ゲンコツが炸裂した。

「馬鹿なことを、でっかい声で叫んじゃいけません！　フィヴごめんねぇ。あとでちゃんと言って聞かせておくから」

「ううん。私のほうも気遣いしなくて……あ、これ、食べて。さっき旅の人からもらったの。もしかしたらこの匂いかも……」

トールから貰って少しだけ残しておいた、サクサクした舌触りのお菓子を上着の内隠しから出すと、リーラに身を寄せてこっそり手渡した。誰にも渡さないと言ったけど、こうなってしまっては隠しようがない。

先に食べた三角の甘いパンだったら無理だけど、これなら遠い国に似たお菓子があったはずだから、どうにかごまかせそう。

「わぁ！　ありがと。こんなお菓子、久しぶり……嬉しい！」

私が渡したお菓子をそっと胸に抱いて、リーラが目に涙を浮かべて呟いた。

戦争が起こってから、こんなに美味しそうな高級菓子なんて口にしてない。

私がそうなんだから、ドラグーラ国に近い領地に棲んでいたリーラたちには、それこそもっと思い出の食べ物になっちゃってるだろう。

嬉しさや悲しさが、思い出深い香りと一緒に込み上げてきたんだろうね。私も同じだったから。

「姉ちゃん、くれー！」

「「くれー！」」

今度は姉の胸元に釘付けのチビたちが、指を咥えておねだりを始めた。

あーあ……これじゃ、リーラの口に入るのは欠片だけになっちゃうわね。

「さー、また食料探しに行って来ますか！　じゃあね！」

これ以上は、騒ぎの中にいたくない。

鬱陶《うっとう》しさや明るさ、悲しさや寂しさが、ぐるぐると混ぜられた複雑な感情に満ちた空間に。

泣いたり落ち込んだりしているだけじゃダメだ。私は私らしい生き方を見つけなければ。

ほんの数日前、私はこの世界の神様に選ばれたらしい。

もしかしたら、この不可解な戦争が始まってすぐに決定されたのかも。

偶然なのか、はたまた私がなんらかの条件に当て嵌《は》まったからなのか知らないけれど、確かにすべては神様の仕業だった。


見渡す限りの草原で、私たちのような肉食中心の種族が満足に食べる物を探すのは、とっても難しい。ラビが捕れればまだマシで、ほとんどがマウやナーグみたいな小型獣ばかり。

小さく切ってスープに入れれば避難民たちで分けられるけれど、お腹を満たすことなんて無理。

生まれてからずっと鬱蒼《うっそう》とした森の中で生活をしてきたせいか、隠れる場所のない平坦な場所での狩りは慣れなくて、小さく足の遅い獣しか狩れないことに苛立ちと疲れが溜まっていた。

避難地区は国が用意した指定区域ではなく、戦火から逃れて南へ逃れてきた人たちが、遠くまで見通せて空からは目くらましになる場所——つまり、草原の中にある小規模の低木の林を見つけて隠れ留まりだしたのが始まりだった。

ある程度の人数がいれば、いつも誰かの目が遠くを警戒してくれる。だからといって、まったく危険がないわけじゃない。夜襲されてぐるりと囲まれたら、非力な私たちにはもう逃げ場がない。

竜種は、有翼種と違って被膜でできた折りたたみ可能な羽を持ち、ナーグのような『うろこ』と呼ばれる硬く強靭な表皮を自由自在に出し入れできる。その上、恐るべき筋力で獣種の大型族並みの戦闘能力を使える。

そんな竜種に、ほとんど女子供ばかりの私たち避難民が狙われたら、ひとたまりもない。

ただ、耳や鼻の性能は私たちよりもずっと低く、羽はあっても有翼種のように空中で留まったり急降下することは苦手のようで、その弱点を狙って戦っているからまだ二国同盟軍は破れずにすんでいるんだけど……。

先の見えない戦争に、私たちは不安と空腹を抱えてゆっくりと生きる気力を失いはじめていた。

私は食料を探し回って疲れ、小川沿いに続く街道から少し外れた空き地の奥へと進んだ。

ここも小さな林がぽつんとある場所で、昔は旅人や商人たちの休憩場所に丁度いい休憩の空き地として使われていたんだろう。今は、野営する人もいなくなって、雑草が生い茂るただの空き地だけれど。

その一番奥に立つ太い幹に茂った枝を大きく張り出した木の下へ座り込み、ふうっと大きく息を吐き出した。

その時の私たち避難民が口にしていたのは、どうにか故郷から持ち出せた保存食と時折通りかかる商隊から買い入れた食材、そして狩りや採取で手に入れた獲物だった。でも、それだけじゃ足りなくなりつつある現状をどうすることもできずにいる。

どうしよう……。考えても考えても良い案は浮かばず、思考は空回るだけで酷く散漫になっていた。

幹に背をあずけ、疲れた目を閉じた。

ところで、さっきから漂うこの匂い……何かしら？

鼻と耳での警戒を上げて休憩を取っていたのだけど、最初は、妙に刺激的な香りが鼻についた。油と肉の焦げる匂いに、ちょっと鼻の奥がツーンとする香りが混じっていて、無意識に喉が鳴った。それがずっと続いて、途中から何だか甘辛い香りになったり、ふんわりと鳥の卵の匂いに変わったり。

静かに休むつもりが全然落ち着けなくて、思わずその匂いの元を探してしまった。

私が両腕を回してもまったく足りない太さの幹の、私が立って少しだけ背伸びをした目線の高さに、縦長の細く不思議な隙間が存在していた。

そして、匂いはそこから漏れ出しているようだった。

一見しても、幹のごつごつした樹皮に紛れて目につかない。まるで斑金豹の擬態みたいで、匂いがしてこなかったら気づかなかった。

その隙間に、ゆっくり片目を近づけてみる。

覗き込んだ先には私と同じような、でも全然違う部分がたくさんある若い男が立っていた。

「お兄さん、何者？」

木の幹の中に隠れた不審な男。

警戒しながら声をかけたら、男は尻もちをついて、焦った様子で後ろへ下がっていった。

それが私とトールの、初めての出会いだった。

トールは、この幹の穴の中を『異世界だ』と告げ、頭のおかしな人だと疑った私に冷たく甘酸っぱい果実の飲み物と、長細くてほくほくした塩辛いお菓子をくれた。

初めての食感と風味のするお菓子と、雪のある山頂でしか出来ないはずの氷を入れた冷たい果汁は、久しぶりに生きている実感を味わわせてくれた。

こんな食べ物は、確かにこの世界にないかも知れない。

まだ私はすべての国を見て回ってないけど、こんなお菓子や氷を飲み物に入れて出す屋台なんて、見たことも聞いたこともない。

本当に、そこは異世界なの？

私のいる、こんなに辛くて悲しい世界とは違うの？

トールを見れば、獣種の耳や尻尾、鋭い牙がない代わりに、奇妙な形の耳が頭の両脇についている。そして、黒豹族みたいな艶々した黒髪に、こちらの世界にはない黒に近い色の丸い瞳。

観察すればするほど、私たちとは違う人族だ。

本当に、トールは異世界人なの？

私たちみたいな生き物はいるの？　ネコってどんな生き物？　私と似てるの？

そう思ったら、私は自分がこの世にひとりぼっちになってしまったような、とても寂しい思いに囚われた。

私が今いる世界とは、まったく異なる世界がどこかにあるという。

私がそこへ行きたいと切望したって、そんなに簡単には行けない世界が。

私がトールに会えたのだって、気まぐれな神様のちょっとした手違いなんだろうと思っていた。

もし、そこへ行けたとしても今以上の不幸に見舞われるかもしれない。違う姿や文化。常識だって異なるだろう。そんな場所へ行っても、私はきっと同じように寂しくなるのよ。

でも、トールを見ると幸せそうだった。

私がひとりだと答えたら、大丈夫か？　と眉を下げて心配してくれた。無償で私を心配してくれるのは、父と兄しかいなかったから嬉しかった。

でも、それだけにトールが異世界の人だって実感した。商売人だってのに、タダでで優しい気持ちをくれて、美味しい物をくれて……何やってんのよっ！

ああ、早く終わってくれないかな……。

戦争なんて、大っ嫌い!!

＊　透瀬了　ＳＩＤＥ　波乱の予兆

キッチンカーを営業する際、反対側の窓を細く開けておく癖がついてしまった。

お客が引けるたびに次の客を迎える準備をしながら、隙間にちらりと目をやる。手が開けば、視線はそのまま営業窓の外にやりながら、わざわざ後ろまで下がって耳を澄ます。

今日のチンジャオロースーがいまいち味が決まらなかった反省や、エビチリの量を少し増やそうかなんて思案しながら、意識の半分を窓の向こうに引きずられている。

そーゆー態度は、商売人としては失格だ。料理という繊細な工程を経てできあがる商品を扱っているのに、意識の半分を商売とは別の方面に向けちまうなんてな。

でもなー、今のところ俺だけしかできない経験をしてるんだよ。これから先、どれくらいの時間を彼らと共有できるかわからないんだぞ？　だから、一回一回がメチャ貴重な体験。

あー、今日もレイモンドさんは来なかったかー。

残念に思いながら、窓の隙間を閉めようとして――ん？

今、その隙間から妙な音がした。近くからじゃなく、遠くから響く地鳴りみたいな重い音が。

なんだろうと気になって、閉じかけた窓をまたすこしだけ開けて周囲を見渡して、人気がないのを確認してから半分ほど開け、窓から顔を突き出した。

遠くを見ようとしても視界の半分は緑生い茂る森で、あとの半分は城壁が目隠しになっているために空しかない。見える範囲に原因らしき異常は見当たらないんだが。

でも、突き出した頭に響く振動と、爆音に似た音がする。

おいおい、大丈夫か⁉

なんだか凄く恐ろしくなって、乗り出していた体を引っ込めるとすぐに窓を閉じた。その窓に背を預け、じわじわと湧き上がって来る不安と焦燥感を必死に抑え込んだ。

緊急遠征と、レイモンドさんは言ってたっけ。

緊急ってことは、非常事態みたいなもんだな。でも王都でこんな空爆みたいな音がする……って、戦争が始まった……とか？　大丈夫なのか!?

あ～～っ！　苛々するけど、俺には何もできないのが辛い。

こんな時、マジでファンタジーのチート勇者になれたらな！　と思っちまう。

それにしても、どっちの異世界も物騒だな。


少しでも午前中のことを忘れて過ごせるように、午後からは少し早めにきて、フィヴの世界へと強引に意識を向けた。

しかし、こちらはマジで戦争中の世界だ。

はぁー……俺って、幸せなんだなぁ。

苦労はあるけど、これは俺個人の問題で、戦争みたいな理不尽な苦労じゃない。

ただ、俺がいるこの世界にだって戦争中の国があったり、貧困や飢餓《きが》に苦しむ国があったりする。

だから、こっちの世界は平和だとまでは言わないが、俺の身近な範囲はやはり平和で穏やかだ。

なーんてすこしでも落ち着くために仕事に集中していると、背後から軽いノックの音がした。

笑顔でお客を見送り、ノックをあえて無視して閉店準備を始める。その時に、来店しそうな人はいないか確認してからキッチンカーの中へ戻った。

そろそろと窓を開くと、今までとは違って肩を落としたフィヴがいた。

ドキリと、心臓が不安に震える。

「お待たせ。……元気ねぇな？　なんかあったか？」

いつもならキラキラした綺麗なオッドアイを俺に向け、顔面いっぱいにその時の感情を素直なほど浮かべてるのに、今日はうつ向いたままだった。

「……あのね、昨日貰ったお菓子。仲間の子たちに見つかっちゃったの。匂いを消してから戻るの忘れちゃってて……」

「あー、そっか。でも、どうにか誤魔化せたんだろ？」

「うん。すこしだけだったから、旅の人から貰ったって……。で、ね？　あのお菓子、まだある？」

おお？　クッキーをお気に召していただけたようだ。

でも、避難民だって言ってたが、お金を持ってるんだろうか？

「あるが、売り物なんだよなぁ……」

可哀想だと思っても、店の商品でそうそう無料奉仕はできない。昨日渡した物は、たまたま貰った差し入れサンド――嫌がらせ用だがな――と商品価値を落としちゃった奴だったし。

「あ、お金ならあるよ！　いくら？」

「金……持ってるのか？」

「ええ！　これでも、王様の近衛戦士が二人もいる家の娘なんですから！」

なるほどなぁ。持てるだけの財産を担いで逃げてきたわけか。

さて、こちらの貨幣価値はどんなかな？

弁当はワンコインの五百円玉ひとつだったが、今度はジャリ銭で三百円だ。

俺は百円玉を指に挟んで、フィヴに声をかけた。

「フィヴ、これ見えるか？　これが俺の世界の硬貨だ。で——って、わけだが」

俯き加減だったフィヴが上目使いで俺の手元に視線を集中させたのを見計らって、またもやそろそろと窓を通してみた。

謎。異世界の不思議。

これが、硬貨？

百円玉が、俺の小指の爪くらいの青く綺麗な四角い石だか宝石だかに変化した。

なんだっけ？　色はラピスラズリだっけ？　に似た、紺に近い青い色の。

「こ、これが三つで袋が一つ買える」

あああっ、なんなんだ！　銅でも鉄でもねぇ！

予想だにしなかった変化に、狼狽《うろた》えてしまってるよ！

「え、さっき……ええ!?　なんでなんで？　どうなってんのよっ！」

おい。謎イリュージョンに喰いついてどーすんだ！　クッキーを買いたいんだろうが！

「知らねぇよ。どうしてか、この窓を通すと変化するんだよ！　別の異世界でも——あっ」

「別のって……なによ？」

そういえばフィヴには、レイモンドさんの世界のことを話しておかなかったな。どーせ顔を合せることなんてないから、わざわざ話さなくてもいいかーと後回しにしてたんだ。

が、フィヴの喰いつきが一段と激しくなってしまった。

「ねぇ!!　こことは違う異世界なの!?」

「あ……ああ、同じように窓越しだけど、フィヴの世界とは違う場所にも繋がるんだ。外見は俺みたいなんだけど、色々と違う」

お？　また瞳の輝きが戻って来たぞ。綺麗なんだよなぁ。オッドアイって身近で見たことなかったから、こうして至近距離で見ると不思議だし本当に綺麗だ。

「そうなの……。トールや私の世界のほかに、まだ異世界ってあるのね……凄いわ、トール！」

「俺が何かしたわけじゃないんだぞ？　それより――」

「ああ、行ってみたい……」

「おい！　フィヴ、クッキーどうするんだ？」

夢見たっていいじゃないか、だな。

「クッキーって名前なのねぇ。袋三つちょうだい。はい、お金！」

マントの下に着込んだ上着の内から革袋を引っ張り出し、その中を覗き込みながら硬貨を摘まみ出している。

その間に、こっちの世界の営業窓からお客を確認し、閉店のプレートを出しておく。

そして、クッキーの袋を三つ持ってフィヴに差し出した。

空いた俺の手のひらに、親指の爪くらいの楕円《だえん》の赤い石とさっきの青い石が四つ乗った。

ゆっくりフィヴにも見えるようにゆっくりと手を引いて、窓のレールぎりぎりで一旦止めてから引っ込めた。

俺の手には五百円玉と百円玉が四つ。計九百円いただきました。

お買い上げ、ありがとうございます。

真ん丸に開いた色違いの宝石が、キラキラしていた。

＊　波乱の幕開け

フィヴに物価を訊くと、クッキー一袋で三ラグは安すぎるんだそうだ。

あの小指の爪の大きさの青い石は、ひとつで一ラグ。それが五つで赤い石に代わり単位もラグルに変わる。

どうも石ごとに通貨単位があって、説明されたが途中で大混乱してしまった。は……はは……。で、お菓子はともかく飯になる料理もあるんだとチラシを見せたんだが、やはり粗雑な作りの紙と精密な絵に、そして楔《くさび》文字に似た異世界文字に変わった。

チラシを見ていたフィヴが、難しい顔をしながら首を傾げ、『お肉の説明が、どうもよく理解できないわ』とクレームを入れてきた。

よくよく聞くと、こちらの食肉の種類であちらにない物があるらしく、異世界翻訳が曖昧な表現になったからららしい。

神様の神力も、日本の食には追いつかなかったか！　フハハハッ！

フィヴの世界には、肉食獣のほとんどが彼女のような獣種と称される人種で、草食動物や鳥類、昆虫や爬虫類《はちゅうるい》のほとんどが食料になる野生生物にあたる。

そして、もっとも驚かされたのが魚類がいないこと。

川や湖はあるけど、そこに生息する生き物は爬虫類や昆虫のみ。『海』は見たことがないそうで、どう説明しても湖としか想像できないらしい。

そりゃ、魚はもとよりイカ、タコ、エビなんてなんの肉かわかるわけないよな。

チラシを見終わったフィヴは、真剣な表情で俺を見上げると少し硬い声で話しだした。

「ここで捕れる食料はすくないの。でも、避難民全員がお金を持ってるわけじゃないから、全員の分を毎食トールから購入するのは無理だわ。だから、一種類の料理を買って皆で分けあってみる。……その時は、それだけを大量に購入することになるけど、いいかな？」

「ああ、早めに予約を入れてくれたら、用意しとくぞ」

俺はすぐにOKした。

なんなら予備の古い鍋で大量に作って、その鍋ごと渡せばいい。鉄製の剣があるのだから、鉄製鍋を使えば大丈夫だろうし。あとは、彼女たちの種族が口にできない物を教えてもらうだけだった。

よし、商売だ！

フィヴの世界の硬貨まで減らすことになってしまったが、今はフィヴたちの命のほうが優先だ。

それに……戦争の最中に、硬貨の減りがどうたら言うヤツなんていないだろうさ。

それよりも、だ。

「なぁ、フィヴたちがいる避難区域は大丈夫なのか？　戦場が近づいてきてたり……してないよな？」

「まだ、大丈夫だとは思うけど、敵の偵察部隊が先行してるから……」

「絶対に生きて逃げろ！　誰かの為に死んだりしちゃだめだぞ！　フィヴはフィヴの為に生きなきゃだめだっ」

「――うんっ」

戦争なんてテレビの中でしか見たことない俺が、戦争を生身で経験しているフィヴに助言するのはおこがましいけど、でも死んで欲しくない。

死んじまったら、美味い物も楽しいことも何も意味がなくなってしまう。だから、何としてでも生き残って、幸せな笑顔で俺の料理を食って欲しい。

大事そうにクッキーを抱いて去って行くフィヴの背中を見送り、明日も無事な彼女と会えますようにと祈った。


その日、慌ただしく帰宅した俺は、明日の準備を終らせるとキッチンカーの中の整理を始めた。

辺りは日も落ちて薄暗くなりつつあったけど、車内灯でどうにか作業ができるところまで進めるつもりだった。

まずは、窓から無理なく出し入れできる大きさの鉄製鍋を倉庫に積み上げた厨房用品から探し出し、重さのある物を入れて窓から差し出したりしてみる。

この窓は、キッチンカーの両側面に設置された、四枚ガラスの引き違い窓だ。営業の場合は中央を開けて外側にミニカウンターを引っかけ、窓手前にある低めのカウンターで準備して客に手渡す。だから横幅は申し分ないが、縦幅が不安だ。

ツル取手を掴んだ状態で、窓の向こうへ渡さないとだからな。しかし、重い……。

獣種であるフィヴは俺より腕力があり、俺ならへっぴり腰で僅かしか持ち上げられないだろうと思われる大石を、軽々と持ち上げて歩いて見せた。唖然とするしかなかった俺に、胸を張って威張ってみせる彼女から視線を逸らして、『あっちの世界の女子力って……』と呟いたのは仕方ないだろうさ。

それから、大鍋の待機用スペースを作るために車内の整理整頓だ。

二ヶ所の販売拠点ではそれぞれ反対の窓を使用するため、どちらかを塞ぐことはできない。それ以外は改造時に確定してたレイアウトだったんで移動できず、忘れ物をしては大変だとばかりに、設置された棚やバックドアを開けた収納庫にあれこれ突っ込んだままにしてある。つまり、営業開始してみたら、必要のない物をたくさん抱えていたのがわかったってこと。

それらを撤去して、棚の空いたスペースに細々した物をしまい、もっと車内を使いやすいように整理整頓をして、カウンター棚と運転シート後部の僅かに空いた場所に大鍋待機スペースを作り上げた。

それは、俺考案の体重計を使った計量ストッカーだ。そこに鍋を置けば、料理の量がすぐにわかる。その上、手渡すまでは蓋を締めてカウンターとして使える。

そんなふうにあれこれ店舗内をいじり倒し、くたくたになりながら家へ戻って、その日はさっさと寝た。

そして、気がかりな午前の営業開始少し前。

すでにフレックスタイム制のＯＬさんが、メモ片手に窓の外で営業開始を待っていた。笑顔で挨《あい》拶《さつ》して、早々に開店のプレートをかけて接客応対だ。

えーっと、カレー丼セット二つに、唐揚げ弁当と豚生姜焼き弁当にビシソワーズのカップ三つ……え？　フルーツサラダが八つ？　あ、これはデザート代わりかぁ。

それらをちゃっちゃと作って袋に詰めて、お代と交換で商品を手渡した。袋四つを手に会社へ戻っていくＯＬさんを見送りながら、こっちの女子力もすげーと内心で叫んでみる。

それからの一時間ちょいは営業に集中して、すこし客が途切れたところで細めに開けた窓に身を寄せた。

今日はいつもより十分ほど早く拠点に到着し、キッチンカーを停めて店舗内に入って日課のように窓を細目に開けた。その時点で窓の向こうから耳障りな音が届いていた。でも、まだ遠くで響いているって感じで、酷く不安だったが確かめたい気持ちを抑えて営業を開始したんだが。

時計を見ると、あと十五分で正午だ。

お昼になればどっと客が押し寄せるから、確認するなら今しかチャンスはない。いつものように来店客の気配を探ってから思い切って窓を開けた。

まだ嫌な音は続いていて、やはり爆音と何かが破壊される轟音《ごうおん》が間をおかず鳴り響いていた。

俺は訝しく思いながら空を見上げて、そこで――息を呑んだ。

あれは、ドラゴン？　竜？

蝙蝠《こうもり》みたいな羽を広げた巨大な生物が、上空縦横無尽にを飛び回っていた。それも、大小合わせて何頭もだ。

「ド、ドラゴン……魔獣ってドラゴン⁉」

陽の光を弾いてギラリと輝く黒い鱗の長い首、トカゲみたいに前足と後ろ脚があって、そのまた後ろに長々とした太い尾が。

アニメやマンガで見るそのままの巨体。

恐怖が、腹の底から勢いよく湧き上がってきた。

あんなモン相手に、人類が勝てるわけねぇ。勝てるわけ……あ、レイモンドさんは？

おい！　レイモンドさんは⁉

＊　大事変発生！

おい！　どうなってんだ⁉

現実感無視の、ファンタジー世界の存在が見上げた空を飛びかう。

これは、レイモンドさんと出会った時以上の衝撃的光景で、ようやく謎の窓に慣れてきた俺でも、即座に納得するのは無理だった。

確か緊急遠征だって言ってたよな？　遠征って遠くへ行くってことじゃなかったのかよ！

竜かドラゴンかどっちかわかんないけど、もしかしてこれを退治しに行ったのか？　魔法があるって聞いてはいるけど、あんな魔獣を退治できるほど強力な魔法をレイモンドさんたちは持ってるのか？

疑問も怖れも怒りも混ぜこぜで、俺の頭の中はいまや大混乱だ。

と、目の前に広がる鬱蒼とした森の中で、ドンッ！　と重い爆発音と共に真っ赤な火柱が上がり、すぐにもうもうと黒煙が立ち昇った。

上空を旋回していた鈍色のドラゴンが、いきなり地上へ向かって何発も火の玉を吐いたのだ。

そのひとつが森に落ちたんだが……ありゃ、火の玉なんて可愛い感じじゃねえ。マジで空爆だった。

映画のワンシーンやゲーム画面で見たことはあっても、そこからは熱や爆風や焦げ臭さなんて感じられない。でも、今の俺はそれらを五感で感じ取り、圧倒的な力の前に恐怖を味わっている。

なんで、こんなことになってるんだ？　数日前までは何事もなく平和そうだったのに。

なにより、レイモンドさんが心配だった。

独立して家を出ているらしいが、家族も王都で生活してると手紙に書いてあった。ちゃんと避難してるんだろうか……。

あっちもこっちも、まったくどうなってんだよ！

神様!!

あ……タイムアウトだ。

店内に設置してある時計が、無機質なデジタル音声で正午を知らせた。

俺はぎゅっと目をつぶって、速攻で後ろ手に窓をきっちりと閉じた。肩が上下するほどデカい溜息をつくと、必死に現実世界に意識を戻して弁当の準備を始めた。

こーゆー時に限ってお客さんが絶え間なく来店する。

嬉しい悲鳴を上げてもいいはずが、今日はそんな気分になれない。営業スマイルも、いつもみたいに心からの笑顔は無理で、どこか引きつって歪んでるだろう。

気持ちが塞ぐと味まで塞ぐ。

よく『愛彩』の店長に叱られた。美味いものを食べさせたいのか、ただの食いもんを食わせたいだけなのか、それをよく考えろと。

だから苦しい胸の内をぐっと押さえ込み、来店してくれたお客さんの顔をきちんと見て、美味い物を食べて午後からも頑張れ！　と、気持ちを込めて商品を手渡した。

十三時を過ぎると、ようやくお客も途絶える。常連さんのほとんどが近隣の会社や企業に勤める社会人だから、昼休み開始と共に一斉に買いにくる。十二時三十分あたりからは時間をずらした昼休みの人か、あとは外回りの営業さんがぽつぽつと来るくらいだ。

いつもなら十三時を過ぎたくらいからキッチンカーを降りて、ゆっくりと周囲のゴミ拾いをしながら様子見をするんだが、今日は早々と店じまいをすることにした。

こんな精神状態じゃ、まっとうな接客ができない。美味いものを売ってるのに、歪な笑顔で商品を渡すなんて俺のモットーに反する。

経営者失格だっ！　でも、今日だけは見逃してくれ！

足早に外の看板を畳んで車内へしまいこみ、営業窓のカウンターも取り外した。そして、この時ばかりは心の中でお客さんが来ないようにと祈りながら、営業窓に閉店のプレートをぶら下げて窓ガラスを閉めた。

ごくりと唾を飲み込み、ビルの外壁が見える窓の取っ手に手をかけるとそっと開ける。フィヴみたいにその隙間に目を近づけながら覗き込み、危険がないことを確かめて半分ほど開くと向こう側に身を乗り出した。

レイモンドさんは？　彼の同僚は？

人が滅多に来ない裏門だと聞いてはいるが、緊急時となれば人はすこしでも姿を隠せる方向へと逃げてしまう。ましてや、ドラゴンはあからさまに町を攻撃目標にしてるのが見てとれる。もしかしたら、城内や敷地を警備している兵隊がこっちに逃げてくるんじゃないかと思って見回しているんだが。

その瞬間だった。

城壁のすぐ向こうで何かが炸裂し、高く分厚い石の城壁が俺の視線の先でいきなり爆発しながら崩壊した。

反射的に乗り出していた上半身を店舗内に引っ込めた。

ガラガラと頂上から崩れ出した城壁と、あちこちから炎と黒煙を上げる森林。音だけは聞こえるのに、壁の欠片も森が燃える焦げ臭さも窓のこちら側には届かない。

でも、すげー怖い。

「――ろっ！……トー……んで！――窓を!!」

恐怖と戦慄《せんりつ》に足が竦《すく》み、頭が真っ白になった。なのに、その現実離れした光景から目を離せずにいる俺の耳に、切れ切れの叫び声だけは届いた。

え？　と正気に戻って、慌てて窓から顔を出した。

轟音と崩壊の爆鳴の中、聞きなれた声がこっちに近づいてきた。警戒しながらそろそろと身を乗り出し目を凝らすと、顔面を血だらけにしたレイモンドさんが、叫びながら必死に走ってくる姿が見えた。

「レイさん!!」

「馬鹿！　顔を引っ込め――っ!!」

走るレイモンドさんの横に建つ、残った城壁にまた何かが降り注いだ。

青空から降り注ぐ陽の光に照らされ、それが氷の槍みたいな物だと気づいた。ひゅんひゅんと風邪を切る鋭い音が連続して、脆くなった壁へ突き刺さる。

瞬く間に穴だらけになった壁は堪えきれずといったふうに崩れ出し、もうもうと舞い上がる白い粉塵にレイモンドさんの姿はかき消された。

たぶん、俺はその時、まったく何も考えていなかったと思う。

ただ、レイモンドさんの無事な姿を確かめたくて、できることなら救出したくて、それだけしか頭になかった。

その欲求に突き動かされるまま、俺は機械みたいに身体を動かした。

今まで身を乗り出していた窓を勢いよく閉じ、確かな足取りで異世界側のドアを押し開くと、躊《ちゅう》躇《ちょ》なく片足だけ異世界の地へ踏み込んだのだ。

以前、何度確かめても繋がらなかったドアだ。開ければビルの外壁があって、人間が二人並べばいっぱいのスペースしか残っていないはずだった。

なのに、なぜかこの時は異世界に繋がった。

靴の下で積もった瓦礫《がれき》と粉塵がジャリッと音を立て、むっとする焦げ臭さと細かい粉が俺自身をも包み込んだ。

「レイモンドォーーッ！」

開いたドアを背にして身を屈め、開口部脇にあるハンドグリップを掴んで踏ん張って、粉塵の中に薄っすら見える人影に向かって名前だけを大音声で叫んだ。

もしかしたら現実世界へも響いてしまったかもしれないが、その時は気にしていられなかった。

ちくしょう！　ドラゴンのバカ野郎！

無事でいてくれ！　俺が助けるから!!

「レイーーッ！　こっちだ！　こっちに来い!!」

いまだ晴れない土煙の中から、まだ崩れ落ちる城壁の瓦礫を避けつつ長身の影がよろよろと駆け出てきた。

全身粉塵にまみれて真っ白で、出血も何もかもが灰色に汚れきっている。

それでも彼は、俺に向かって右腕を伸ばしてきた。

思い切り伸ばした俺の手が彼の手首を力一杯掴み、投げ入れるようにキッチンカーの中へと引っ張り込むと、間髪入れずにドアを閉めた。

俺たちは床にしゃがみ込み、呼吸し辛いくらい上がる息を宥めながら、吸い込んでしまった粉塵に咳込みまくった。

ここがどこか。目の前にいるのは誰なのか。混乱の中にいる俺たちの頭は、すぐに現状認識できるほど回っていなかった。

ただ、もう大丈夫なんだということだけは頭の隅にあった。

神の奇跡に気づかない阿呆がふたり、狭い店舗の床にぼんやり座り込んでいた。

＊　チートは誰だ！

「あ……」

我に返って冷静になったのは、レイモンドさんが先だった。

寝転がっていた彼は、ジャリジャリと嫌な音を立てて体を起こし、白い粉を撒きながら頭を左右に振って物珍しそうに周りを見回していた。

俺はそれをぼんやり眺め、鶏の頭みてぇに変な動きをしてるなーなんて呑気に思いつつ、寄りかかっていた運転席から上半身を起こした。

「トール、ここは……」

粉塗れで石膏《せっこう》像みたいになった俺の知ってる異世界人が、なぜか俺のキッチンカーの中にいる。

今見ている光景を言葉にして頭の中で組み立て、脳に沁み込ませてみた。そこでようやく俺は正気に返って、目の前の光景が現実なんだと認識した。

「へぁっ！――な、な、なんでレイさんがっ！」

「なんでって、トールが僕を引っ張り込んだんじゃないかっ！」

「でも、なんで入れたんだ⁉」

「それは、僕が知りたいぞ！」

流血が粉を吸って赤白まだらになっている顔面を強張らせ、引き攣《つ》った声でレイモンドさんが叫んだ。

対して俺はすっと血の気が引いて、冷たくなった指先が小刻みに震え出した。

俺、なにしたんだ⁉　なんかやったか⁉

萎えかけた足を叱咤《しった》して立ち上がって、つい今しがた閉じたドアをもう一度開けた。こちらは助手席側のドアだが出入り用にシートが脱着できる仕様にしてあり、営業中の出入りのために通常はリアシートを撤去してある。ドアを開けて思わず後退り、呆然としながら再度座り込んでしまった。

視界の先には、見慣れたビルの外壁があるだけ。

「あれぇ!? 何が起きたんだよっ。おい！」

誰にともなく喚きながらドアを閉め、今度はレイモンドさんを跨いで窓へと移動した。

そんな俺を見て、レイモンドさんまで窓の側に四つん這い寄ってきた。

なぜ、這う？

上下で顔を見合わせて頷き合い、緊張しながら窓をそろーっと細目に開けてみた。

途端に、あの耳について離れなくなった轟音が流れ込んできた。

多分、俺もレイモンドさんも無意識だったと思う。強張っていた肩から力が抜け、どちらからともなくほっと溜息を漏らした。

窓の向こうは、とてつもなく悲惨な状況だというのに。

そう。この時、俺たちはとても安心したんだ。

窓だけでもレイモンドさんの世界へ繋がっているのが確認できたことに、俺たちは心の底から安堵したのだ。

次は現状把握だ。覗き込んだあちら側は窓の近くまで瓦礫が積み上がっていて、その隙間からチラチラと赤い炎が消え隠れしていた。

「城壁が完全に崩壊してる……。で、ありゃあ森が燃えてるんだな」

「ああ、このぶんではここの後ろも破壊されているだろうな……」

まだ覗きこんでいた俺の後ろで、深く長い溜息が聴こえた。

俺は窓を閉めて振り返り、汚れ切ってよく分からない表情の洋風イケメンを見下ろした。

「ようこそ。俺の世界へ」

俺の台詞に、石膏像化したイケメンは苦笑した。


あれから俺がしたことは、汚れたレイモンドさんにお湯を入れたバケツとタオルを渡して汚れを落としてもらい、その間に閉店作業をした。契約時間外に長々と駐車はできず、店舗内の片付けをしながらレイモンドさんに軽く説明をした。

なんたって初めて目にする物だらけだろうし、キッチンカーを走らせている最中にパニックに陥って暴れられたりするのは困るからだ。こんなデカい野郎が恐慌状態になっても、俺の腕力じゃ制止するのは無理だしな。

俺がいろんな言葉を駆使して説明をしても『車』という乗り物が理解できないようで、ならばこれから見せるから静かにしててくれと頼んでキッチンカーを発進させた。

今日も日本の地方都市は平和だ。

無事に家へ着いた俺は、ニヤニヤしながら後ろに移動した。レイモンドさんは座り込んだ状態で窓の脇の備品ラックにしがみつき、今度こそ顔を青くして震えていた。

「なんで、ドラゴン相手の時より怖気づいてんだよっ！」

「外を走っていた……あれは、これと同じなのか？」

「へ？　ああ、車か。そうそう、形や色はさまざまだけど同じ乗り物だ」

「それに、あの高いのは……建物なのか？　すべて石でできていたようだが……」

頭が混乱の極みに達してうまく言葉が出ないらしい彼の腕を掴んで立たせると、気合を入れるつもりでパンッと背中を叩いた。んで、また粉が舞い散る。水がしたたるならいい男と言えるが、粉塗れだもんなー。

勢いに押されたレイモンドさんは、砕けそうな膝をがくがくさせてよろめきながらドアに向かって歩きだした。俺はその後ろを追う。

俺の家は庭と駐車場付き一軒家で、今は俺がひとりで住んでいる。家屋の脇にある裏口に面した駐車場に停めたキッチンカーを降りて、さあ、どうぞーと家へとご招待した。

これじゃ、午後からの営業は無理だな。レイモンドさんが心配なのもあるが、いかんせん店舗内が粉塵で汚れてしまった。こんな不衛生な状態で営業することはできない。

とりあえず、レイモンドさんには風呂と飯を勧めて落ち着いてもらい、その間に店舗内清掃だな。いつもより念入りに掃除をせねばならんから、時間がかかるようなら昼寝でもしててもらおう。たぶん。いや、きっと精神的にすげー疲れていると思うから。

ああ、それとだ。

俺の後ろをおっかなびっくりついてきたレイモンドさんに、玄関引き戸に手をかけた格好で足を止め、思い浮かんだことを説明しなければと振り返った。

「あのさ、ここで靴――」

「×○%▽◇●」

「はぁあああああ!?」

瞬間的にお互いの言葉が通じてないことに気づき、なんの申し合わせもしていないのに、後ろに見えるキッチンカーに向かってふたり同時にダッシュした。

「言葉がーー!」

「うるさいっ!」

「……あれぇ?」

「ど、どうなっている?」

いい年をした薄汚い野郎ふたりが雄叫びを上げながら車へ走り込んだりして、近所の人が見てたら明日から噂の的だな。

後ろ指つきで。

それにしてもだ、いったいどーゆーことなんだ?

「キッチンカーの中でなら、会話できるってことか?」

「どうなっているんだ……この世界は」

「いや、世界的な問題じゃないから。ここだけの、俺たちだけの問題だからなっ」

よし、まずは実験だ。

意志疎通ができないってのは、いちばんの難事だ。

ついてこようとするレイモンドさんをゼスチャーで押し留めてその場に待機してもらい、俺は店舗から飛び出した。

「テステス、聞こえるかー？」

「聞こえるというか、通じているぞ。なんだ？　そのテステスって」

「なんでもないっす。……じゃ、今度はレイさんが外から話しかけてくれ」

レイモンドさんがキッチンカーにいた場合、俺が外に出て離れても話は通じる。

それは、俺だからか？　別の誰かならどうだ？

俺は眉間を寄せて考えながら、今度は役を交代した。レイモンドさんが、のろのろと疲れ切った動きでキッチンカーを降りてきた。こりゃ、ガス切れ寸前だな。急がないと。

「通じているか？」

「おう！　大丈夫だ。戻ってきてくれ」

うわーっ！　これは、どっちかがキッチンカーにいないと通じないってことらしいぞ？

力尽きかけてるレイモンドさんは、またのろのろと戻ってくると、店舗内に入らずに出入口の幅のないステップに腰かけた。

お？　レイモンドさんの上半身は店舗内で、下半身は車体から外へ出ている。

これなら、どうだ？

「結果発表です。どちらかが店内、あるいはキッチンカーに体を接触していないと言葉が通じません。そんで、さっきから口の動きを観察してましたが、お互いに自分の世界の言語で話していて、耳に届いた時に相手の言語に翻訳されているようです。つまり……」

「このキッチンカーという屋台が、通訳をしてくれているわけだな？」

「そうです」

俺が何かしてるわけじゃなく、レイモンドさんにチート能力があるわけでもなかった。俺やレイモンドさんが凄いんじゃなく——このキッチンカーが凄いんだった！

なんだってんだよっ。この謎仕様は！

誰だ？　こんな改造したのは！　もともとか⁉　キッチンカーに改造した時か⁉　俺の大事な店舗に何してくれやがったんだ！　借金がまだ残ってんだぞ！

とりあえず、誰か、俺にこのキッチンカーの取説くれ‼

＊　働かざる者食うべからず。

俺たちは、まず最初に基本的なことをキッチンカーの中で話し合うことにした。

B四サイズのカレンダーの裏に自宅の間取りを描いて名称を書き入れ、その下にレイモンドさんの手で、彼の国の言語で部屋の名称や使い方を書き入れてもらう。

小さい家の間取りなんて軽く案内しただけで覚えられるはずだけど、書いてもらうことで互いの言語を覚えることができる。単語ひとつ使うだけで、ジェスチャー込みでなら通じることもあるさ。けれど、家具はともかくＴＶやトイレなんかの未知の物は、車の件もあって言葉が通じていないと大惨事に繋がりそうなのだ。俺は真剣に、部屋の使い方や設備の取り扱いに関して、彼が理解できるまで丁寧に説明した。

話の途中で、渡したボールペンが原因で彼の心にこの世界の神へ畏怖の念が湧いたらしいのだが、職人が作り上げた物だと弁明したら、今度は職人マンセーが始まって大変だったから譲ってやったりしたけどな。カチカチとノックを楽しみながら、それぞれの部屋にメモ書きしてた。

その後にやっと透瀬家へのご案内が始まるわけですが、その前に玄関先で彼が身につけていたあれこれを外したり脱いだりしてもらった。

だってなー。もうボロボロだわ埃だらけだわ、このままじゃ室内へは入れられなかったんだ。で、半裸で浴室へ直行！　今度は、シャワーや水栓の扱いを実践して見せて、彼がＯＫを出したところで一旦退散した。

下着もな、俺の知ってるパンツじゃなくてオヤジのステテコみたいなやつ。でも、ふんどしじゃなくて助かった。

レイモンドさんが風呂に入ってる内に、彼の身につけていた異世界物をできるだけキレイにしてビニール袋に丁寧にしまい、それからキッチンカーに戻って車内を隅々まで掃除、洗浄、消毒し、残っていた商品を撤去した。

食える商品は昼食兼夕食に回す。

冷静になって気づいたのは、レイモンドさんをこちらに引き込んだりして、色々大丈夫なのか？だ。未知の菌やら病原体やらに関してだが、たとえば彼がこっちのあれこれに冒されたりしないか、彼があっちのあれこれを持ち込んだりしていないかだ。

食品を扱ってる以上は神経質なくらいに気を遣わないとならない立場だから、できるかぎり清潔にしておかなければならない。それに、彼が病気になっても医者へは簡単に連れていけないんだ。気をつけるに越したことはない。

まあ、あまり心配してないけどね。弁当の密輸（笑）を長々とやってきて、いまだに俺はピンピンしてるし店にクレームも入ってきていない。

でも、きっちりした掃除と洗浄は食い物屋の常識だから、やり過ぎでも悪いことじゃない。

掃除の途中で様子見に戻り、心細げにタオルを巻いて脱衣所に佇む戦士様に、俺は謝りながらすこし大きめで新品の衣類を手渡した。頭の傷は、瓦礫が飛んできて切った傷で、幸いなことに出血も止まって軟膏と大判の絆創膏で処置できた。

その後は、彼に飯を食わせて俺は風呂へ。戻ってきたら、レイモンドさんはフォークを手に寝倒れていた。

これじゃ、どー見ても日本へホームステイに来た外国人の夏休みだな。

心身共に疲れ切ったんだろう。腹一杯飯食ってほっとしたら、意識が遠のいてダウンしたんだな。

俺も精神的にすげー疲れてたけど、残った掃除を片付けるために、気合を入れてまた愛車に戻った。

＊　働かざる者食うべからず。

レイモンドさんのふたつの眼が、食事よりもＴＶに釘付けだ。

彼が熟睡から目覚めたのは、俺が夕食を作っている最中だった。食いしん坊戦士はその匂いで眠りの世界から召喚されたらしく、気づいたら俺の後ろに立って興味深げに覗きこんでいた。

食事の用意を整え、では食べようぜとなったところでＴＶのスイッチを入れたんだが、結果は彼を戦慄させた。

リモコンでいきなりスイッチオンしたら、びくぅっと肩を震わせ固まって、戦々恐々として後ろを振り返って何か喚いた。何言ってんのか、わからんわ！

例のダンジョンマップ……じゃない、間取り図の居間を指し示し、その端に描いた四角を指でトントンした。

ＴＶは、彼にとって魔法の箱だ。こっちの世界では、電気と電波っつー魔力で遠い所から送られて来る映像が見れると言っておいたんだが、現物はやはり脅威だったらしい。

でも、三十分もたたずに釘付けってどーゆーことだよ。何を言ってるか理解してないくせに。

で、今のところ、彼のいちばんのお気に入りは風呂だ。

この家はもともと俺の祖母が老後ひとりで住んでいた家で、俺は高校進学のためにここから一時間ばかり車を走らせた田舎にある実家を離れて祖母の家に同居した。

その時、親と祖母が金を出し合ってバリアフリーの名のもとに改築し、ことに台所と浴室は俺と祖母の願望をたっぷり詰めこんだ。次点がトイレ設備な。

なので、どちらも広くて設備が新しめだ。

そして、浴室はなんといっても伸び伸びできる広い浴槽！　ばーちゃんが溺れたりしないように、ステップとグリップがついていても邪魔にならないデカさを選んだ。

その祖母も俺が高校卒業間近に亡くなったが、俺は進学先が決まっていたので住み続けている。

それでだ、そのお気に入りの浴室が、ただ今ヤツに占拠されている。ＴＶリモコンの操作より、追い炊きやジェットマッサージのリモコン操作を先に覚えたほどだ。

なんだ？　脳みその差か？

それより先に、便座の上下リモコンボタンを覚えろっつーの！　便器に嵌って悲鳴をあげられた時は、俺は心で血涙を流しながら便所のドアの蝶番を外した。


そんな楽しくも騒がしい日々を過ごしているが、その間もちゃんと仕事をしてたんだぞ。

怒涛の初日の翌日、早朝からレイモンドさんを叩き起こして飯を食わせ、仕入れのために彼を連れて営業に出発した。いつもより早く出たのは彼の買い物があったから。

まず洋服だ。無理に着ればどうにかなるが、いかんせん縦も横も俺の負けで、Ｔシャツやボトムの買い出しをしなければならなかった。

だから、その分をきっちり働いてもらおう！　と計画したのだ。

キッチンカーの中で、これからの相談をして要望を聞き、またはお願いをしておく。彼愛用のボールペンでせっせとメモする姿が、真剣でいじらしい。

安い物ですまんかったが洋服ですこしでもイケメン度を上げてもらって、看板イケメンになって

＊　働かざる者食うべからず。

もらう計画を実行した。

俺が運転してる間は助手席を設置して座ってもらい、あれこれ話してみる。初体験の連続で固まりまくって大変だったが、危険がないことが彼の第一条件らしく、それを知ればすぐに行動してくれた。理解できないことはその場でメモして、キッチンカーに戻った時に質問してくる。説明されても謎が一杯だろうに、これから仕事開始だとわかっているから彼は大人しく従ってくれていた。

「わー、バイトさん？」

「ええ、遠い国から留学してきて、今俺ン家にホームステイしてるんですよ。まだ言葉がわらないけど、試しについてきました」

「コンイーティワッ」

「はい、こんにちは！」

午前営業のビル街で、常連のOLさんたちに大ウケ。

キッチンカーの中でも、彼が『日本語』を話そうと意識して口を動かすと、覚えたてのカタコト日本語になる。だから、営業窓からお客さんたちの話す言葉が通じていても、彼にはカタコトで挨拶だけにしてもらった。

下手に会話ができると知れて、応え辛い質問されたりしても困る。

「美味しいお昼に目の保養ができるなんて、嬉しいわぁ」

「あざーっす！」

「アーガトザスッ！」

シンプルなTシャツとワークパンツに店名入りのカフェエプロンを付けたレイモンドさんが、カタコト挨拶をしながらにっこり微笑んで袋を手渡しお代を受け取る。OLさんたちも満面の笑顔でお戻りだ。

ククク、計画通り……。

そして、お客がいない間は、俺は料理と弁当のセット作業を、レイモンドさんは反対の窓からあちらの様子見。

小さな溜息と難しい顔で覗き見している彼の姿は、俺から見るとやっぱり帰りたいんだろうなと感じる。ここに来たのだって、一時避難みたいなものだしな。

「どんなだ？」

「ここからじゃよく見えない。瓦礫が撤去されていないのだが……王城が機能しているのか、いないのか」

家族や仲間の安否が心配だろう。

＊　異世界三者会談　1

異世界人は、レイモンドだけじゃない。

いまだ俺の妄想だと疑っているらしい彼に、おりゃ！　と証明してやりてぇーって気持ちもあるが、俺の中の僅かな真面目君が『いいのか？　マジでそんなことして』とも囁いている。

なぜ、真面目君がそんな心配しているかというと、異世界人の俺と出会っているくせに彼があまりにも信じないもんだから、もしかしたらケモ耳人種は彼にとってアウトなのかもしれないと憂慮したわけだ。

日本人の寛容さって、外の人たちから見るとむちゃくちゃ変に映るらしい。全国民がそうだとは言わないが、宗教や人種に対して頓着しないとか、果ては「可愛いは正義！」とばかりに人外キャラや擬人化キャラがもて囃《はや》されたりする。

区別はしても、差別は他国よりすくないだろう。

じゃあ、レイモンドはどっち側の感性かといえば、きっと外の人たちに近いんじゃないかと思う。なんたって、神の存在を身近に感じてる世界の人だ。

『存在するわけがない人種』を『存在していた』と認識した瞬間、そこに嫌悪感や拒否感が生じてしまったら……。

外見の相違って、ある種の忌避《きひ》を起こさせる。その上、日常の中で自分たちより下位の生き物だって思っている『獣』と同じ部位を持つ人種だ。

この世界にすら、肌の色が違うだけで、侮ったり蔑んだりする人間がいるくらいだ。ましてや異世界人のレイモンドにとっては、どうなんだろうと。

疑いたくないよ？　彼がそんなことを理由に、相手の人格を無視して差別する人だなんてさ。でも、万が一それが起こっちまったら、もうその時点で取り返しがつかない。

それだけに考えてしまう。

フィヴを傷つけたくない。レイモンドだって、嫌な気持ちになるだろうし。

「なぁ、レイ。前から手紙に書いてたことがあったろ？　レイの世界以外にもうひとつ異世界と交流してるって」

「ああ、なんと言ったか……獣の耳と尾を持った人種だとか？」

「うん。あれが俺の妄想や幻じゃないことを証明できるんだが、会ってみたいか？」

やっぱり確認してから実行するってのが、一番確実だろうとレイモンドに訊いてみた。

あ、ちなみに、俺が彼を呼び捨てにしてるのは年がバレてしまったせいで、『敬称付けは止めてくれ……』と打ちひしがれて頼まれたからだ。俺のほうは、年上に見えない自分を理由にしてたが、レイモンドは反対に『年寄りに見える自分』に凹んだようだ。

それに、彼の世界の敬称に『さん』はないから、俺が彼を呼ぶ時は『レイモンド様』と聞こえるんだそうだ。ずーっと俺はヤツを『レイモンド様』呼ばわりしていたってことだ。凹んでいる彼の隣りで、涙目で鳥肌をたててた俺がいた。

というわけで、以後は呼び捨てか愛称でってことに決まった。

さて、話は戻るが、彼はなんと答えるか。

レイモンドは眉間に皺を寄せ、じっと考え込んでいた。

やっぱりダメだったか？

「あのな、無理ならいいんだ。会ってお互い嫌な気分になるくらいなら……」

「あー、相手に、私のことは話してあるのか？」

ちっ！　また『私』になった。

こいつは、テンションが上がった時にしか地が出ない。年下なんだから一人称『ぼく』でいいのに、さすがは貴族のご子息だ。

「おう！　お菓子を前にして、それ以上の喰いつきだったぞ。オッドアイをキラキラさせてな！うはは っ」

「宝石眼《オッドアイ》だとぉ！」

「ああ、そ、そうだよ。な、なんだ？　いきなりっ」

おお、何か知らんが、オッドアイでテンション上がってきたぞ？　それも喜の感情が、顔面いっぱいに溢れているぞ。

「トールは言ってなかったぞっ。彼女が宝石眼《オッドアイ》とは。ああ、是非会ってみたい！」

なにこれ、こわい。

彼は薄っすらと頬を染めて、目を潤ませていた。

なんか俺がフィヴに出会った時以上の興奮を、レイ様はお感じになられているご様子で。

これじゃ、まるきり旧電気街に集う方々と同じテンションじゃねぇかよ！　なんだ？　レイモンドもそっち系好みなのか？

「あのー、レイ様？　なんか、いきなり人が変わったみたいだぞ？　なんなんだよ、その変わり様は……」

「私の国では、宝石眼持ちは神の遣いだ。女性なら、女神の遣いだな！　ひとつの色は地を祝福し、もうひとつの色は天に祈る。と謳われ、王の加護を賜ったりもする！」

「はぁー……すげーなぁ。神のおわす世界はぁ」

狭いキッチンカーの中で、キンパツのイケメンが両腕を広げて、まるで福音を伝える宣教師のような陶酔っぷりだ。

これは……違う意味で、フィヴに会わせていいのか悩むぞ。

どうしようかと考え込んでいた俺に、レイモンドは縋りつく勢いで会わせてくれと懇願してきた。

もうね、異世界のケモ耳美人と会える楽しみじゃなく、女神様とお会いできる熱狂的巡礼者の態をなしている。俺の知らないレイモンドの、彼の中に存在する異質な感性は、きっと彼の世界では常識なんだろう。

あまりの熱心さに、仕方なくOKを出した。

ただし、その跪いて崇める様なことは禁止！　相手はちゃんとした一個人で神や女神なんかじゃないんだからな！　と釘を刺しまくった。

それになー、レイモンド。きっと彼女は、君の中の女神の遣い像をぶっ壊すぞ。

ツンデレ怪力ケモ耳聖女なんて、ちょっとマニアック過ぎ。本人には、絶対に言えないけどな。

というわけで、午後の住宅地拠点でキッチンカーを停め、ソワソワしっぱなしのレイモンドの尻に膝キックをお見舞いしながら開店準備を始めた。

お前はデート直前の高校生か！　あまりにも見てて恥ずかしいぞ！

できるだけレイモンドには店舗内で待機してもらい、窓越しの接客以外で他者との接触は避けてもらっていた。でも案の定、若いお母さん集団に熱烈歓迎を受け、ＯＬさんたち以上の歓喜を彼女たちに与えてしまったようだ。

画面の向こうのアイドルより、身近に存在する生身のイケメンだもんな。

「トール、そろそろ……」

閉った窓にちらちら視線を送り、気もそぞろなレイモンドの催促に、俺は営業窓から外を眺めて確認した。

マンションの外壁しか見えないガラス窓の枠に手をあて、もう一度レイを見据える。

「ちゃんと注意事項を守れよ？　相手はただの女の子だ。初めて会った男が変なヤツだと、もう会えなくなるかもだからな！」

「変なヤツ……」

「頬染めてソワソワしていいのは、女の子だけなの！」

変な奴扱いに肩を落としつつも、期待に興奮はおさまらないみたいだ。こうなったら諦めるしかないか……。

俺は腹を括って、窓枠をそーっと細く開けた。その隙間に、カウンターに腹這いになったレイモンドが我先にと隙間に片目を近づけていった。

どうか、上手く行きますように。

＊　異世界三者会談　2

「あれ？」

隙間から聞こえた、潜められた細い声。

そりゃ、首を傾げるってもんだ。縦長の隙間に、上下に色の違う目が並んでるんだもんな。それも、自分のようなオッドアイの人物が横になって覗き込んでいるわけじゃなく、通常の位置の目が二つ上下にならんでいるんだ。

そこから導き出される答えは、二人の人物が上下に並んで片目で隙間から覗いている、だ。

「トール……？」

いつもならすぐに開く空間がいまだに開かないことと、それに加えて謎の人物の存在ときて、フィヴは不安げな声で俺を呼んだ。

それでなくても昨日は会えなかったし、何かあったのかと心細く思うよなぁ。うん。

よーし、大丈夫だな。と、手を添えていた窓枠を開こうとした瞬間、お約束に応えてくれたレイモンドが一気に御開帳した。

「私の名はレイモンドッ。貴女とは違う世界からご挨拶に参りました！」

「キャーーーーーッ!!　誰よ、これっ!?」

俺は真剣にお願いしたはずなんだ。どこかのお笑いトリオの、お約束じゃないんだけどなぁ。

あーあ。全部台無し……。


フィヴは終始警戒心バリバリ状態で、窓から優に三メートルは離れた場所に立ったまま近寄ってこなかった。

あの可愛い耳を後ろに伏せて、怒りに吊り上がった目を眇《すが》めてレイを睨みつけていた。本当の猫だったら、毛を逆立ててフーッフーッ唸ってんだろーなー……と、脳裏で妄想しながら遠い目をした。

勘違いご子息様の後頭部に軽くチョップをかまし、そこをどけとばかりに彼と窓の間に上体を捩《ね》じり込んでフィヴを手招く。

「すまん！　ごめん！　ちょっとビックリさせちゃったみたいだけど、こいつは悪い奴じゃないからっ。この間話したもう一つの異世界の人なんだよ」

「もう一つのって……でも、そこはトールの世界なんじゃないの？」

「ああ、うん。俺の世界。どうもね、神様の奇跡が起こってさ、レイをこっちに引きずりこんじまったんだよ」

じりじりと少しずつ近づいてきて、まだ逃げられる位置で立ち止まり、今度は俺たちを交互に見やる。

いつもいきいきと輝いているオッドアイが、今はわずかに鈍くけぶって俺たちに向けられていた。

「……本当？」

戸惑いに眉を寄せ、今度こそレイモンドを真っ直ぐに見上げて訊いてきた。

そのレイモンドだが、俺の頭の上から顔を出してるんだが、さっきから小声で『女神様……おお、女神様……』っつーキモチワルイ呟きを漏らし続けていた。

フィヴの視線が自分に止まり、問いかけられたことに気づいたレイは、俺を押しのけて身を乗り出した。

「はいっ。私の住んでいた王都がドラゴンの群れに急襲されまして……彼が助けの手を差し伸べてくれなければ、私は死んでいたかもしれません！」

「ドラゴンの？」

「ええ。悲しいことですが、私たちはあれらの前では脆弱で……」

異世界人ふたりがしんみりと打ち明け話をしているところに、俺は腹筋のＨＰが減ってきて小刻みに痙攣してきた状況に苦しんでいた。なぜって？　このままいくと噴き出しそうだからだ。

だってぇー、便器に嵌って喚いてたレイモンドが、恋愛物の王子様ばりに身振り手振りでポーズを決めながら語ってるんだぞ？　胸に片手を当ててもう片方を上に差し向けたり、両手を胸の上で組んで祈りのポーズをしたりさ。

こっちに来て、俺と話してる時はこんな芝居臭いことしなかったのにだ。

なんだ？　女神様パワーなのかな？

「私の所も竜種と戦争中だけど……どこの世界も大変なのねえ」

フィヴはレイモンドの事情を聞いて、すこし悲し気な顔でしみじみと呟いた。


こんなふうに笑っていられる俺は、本当に幸福なんだよな。

自己責任の上でだけど好きな仕事を好きに選べて、理不尽な理由で奪われたりすることもない。

つくづく自分の暮らす周囲が平穏なことに感謝する。

レイモンドもフィヴとの会話で頭に上った血が下がったらしく冷静に戻ったのか、小さな溜息を漏らして頷いた。

差別やヘンタイ野郎化を心配してたのに、予想外の昏く悲しい異世界交流になりつつあった。

ああ、こんな時は俺の出番だな。

「で、フィヴさんや、話は変わるんだが料理の話だ。これくらいの――鍋で足りるか？」

すでに足元に用意していた空の大鍋を持ち上げてフィヴに見せた。

彼女の表情に、明るさが戻ってくる。

「ええ、それで十分よ。でね、ここで買った料理の説明をどうしようか考えていたの。でもね、良い言い訳が浮かばないのよね……。商人や旅の人じゃ、ほんの一日二日くらいしか使えないし。どうしたらいいかしら」

それについて、俺も考えていたんだ。けど、量が量だし、おかしな言い訳をして後でバレて揉めたらフィヴが大変だ。せっかく協力し合って苦楽を共にしてるのに、仲間割れが起こったら即座に命の問題に関わる。

これに関してはレイモンドにも話してあって、彼も腕組みして一緒に頭を悩ませてくれた。

「フィヴが別の場所で作ってるっつーのもなぁ……」

「それなら、ここで作れって言われるわ」

「では、いっそのこと正直に話してしまったほうが無難なのではないか？　購入が一度ならごまかせはするだろうが、二度三度と続けば誰かしらがフィヴさんを尾行しだすだろう。それでバレてしまっては、君の立場が悪くなる。屋台を独占していたなどと言われたりしては不本意だろう？」

俺とフィヴはぽかんと口を半開きにして、レイモンドの解説を含めた提案を聞いていた。

確かにそうだよな。今バラして協力してもらったほうが、フィヴの立場は守られる。どうせ、売るのは大鍋一杯だけだ。フィヴが来られなくても、他の誰かが代わりに来ればいい。

「そうだな。バレても避難地区の人たちだけだし、誰かが俺たちに何かしようにも、ここには攻撃できないしな。どうせなら一蓮托生で！」

「ただし！　フィヴさんは身辺に気をつけなさい。君を人質にしてトールを脅迫する可能性もある。……戦争とは、時に人を非情にする。そして、トールは人が好過ぎるっ」

実感の篭ったレイモンドの警告に、フィヴはしっかりと同意した。

そして、相談を締めくくるように俺に対してふたりの視線が集まる。えー？　と思いながらふたりを交互に見やると、なんとも複雑な表情。

「だーっ！　もう！　俺のことはいいのっ。俺は商売してるだけだからな。じゃ、それで決まりな。

それから、食えない物を教えてくれ」

俺が赤面しまくって喚くと、レイたちは笑いながら頷き合った。なんだよ、異世界人同士でわかり合いやがってぇ～。

レイモンドの人柄を確認できたらしいフィヴは、いつもの明るい笑みを浮かべながらするっと窓に接近してきてた。レイモンドも変なテンションになることなく、見せびらかすようにボールペンをカチカチ鳴らしてメモ取りを始めた。

えっと？　辛味と苦味は無理。香辛料全滅か？　え？　香味野菜もすこしだけかぁ。鼻が利きすぎるのも大変だな。魚を食べてみたいかぁ。

フィヴの世界の味や匂いに関する許容を確認し、味付けも変にこだわらずにシンプルがいいと決定した。もともと臭みを取る以外にあまり香辛料や味付けをしない調理方法がメインなんだとか。味も匂いも加減が必要みたいだ。

初めて見る魚にも興味津々で、またオッドアイを煌かせていた。

ただし、イカやタコは保留。だってな？　あれって猫には大敵だったはずなんだが……。どうだろ。

『俺の味』じゃなくていいんだ。美味いって食べてもらえりゃいい。

美味しい食事を、いつもよりすこしだけ多く。

＊　異世界三者会談　3

「……これは、なんだ？」

「それはピーラーといって、手軽に皮が剥けるアイテム」

レイモンドはキッチンカーから離れると、俺とは言葉が通じない。だから、外にいる間にいろいろとメモをしておいて、キッチンカーに乗り込むや否や俺にメモを見せて解説を求める。

まだこちらへ来て数日だからさすがに日本語を覚えるまでにはいかないが、謎のアイテムや装置の使い方を知っておけば、あとはジェスチャーでどうにかする。そうすることで単語も早く覚えられるし、流れで文章を覚えることもできる。

でもな、俺はあまりそれを推奨していない。

レイモンドの今の状態は、一時避難でしかない。長居は無用。あちらの危険が去ったのなら、さっさとお帰り願おうと思っている。まだ告げてはいないが、俺の胸の内では決定している。

彼をこのまま日本に住まわせる、なんてことは絶対に無理だ。

まず、戸籍がない。医療費だって高額になる。長く住めば、家に閉じ込めておくわけにはいかないだろう。だからって外出を許可した先で、見るからに外国人の彼に警察官が職務質問してきたら？　ビザもパスポートも所持してないレイが密入国だと捕まっても、強制送還される母国なんてこの世界にはない。

今だって、できることなら家の中に引き籠っていて欲しい。看板イケメン計画なんてふざけちまったけど、この狭いキッチンカー内にいてもおかしくない状況を作るため、仕方なく夏休みの留学生を装ってもらっただけだ。

だって、仕方ないだろう？　営業時間内のキッチンカーの窓からしか、あっちに接触できないんだから。

それに、俺が告げなくてもレイはちゃんと自分の世界を心配しているし、戻る時期を見計らっている。窓をすこしだけ開けて、向こうを窺っている。

そして、昏い顔で首を振るんだ。

いつも周辺に人の気配はなく、窓から出ようにも瓦礫が邪魔をして出られない。足で蹴ったりしてみたが、あまりに瓦礫が重すぎて何度試しても撤去は無理だった。

帰りたいのに、帰れない。

その気持ちのまま、彼はここでしばし避難生活をしている。

家族が王都にいるんだ。安否を確かめたいだろう。

だから、ここに長居はさせられないんだ。


大鍋一杯の豚汁が、できあがった。

ナスや白瓜《うり》やかぼちゃなどの夏野菜もどかどか入れた、具沢山の豚汁だ。もちろん、豚の切り落としもふんだんに入れてある。味は当然、味噌仕立てだ。七味をちょろっと掛けて食うと、美味いんだがなー。

安価で大勢に行き渡る量で、味は薄味で香味や香辛料をなるたけ使わないとなると、大量買いで安く仕入れられる材料で、それに合わせた大鍋料理となる。

ふっと頭に浮かんだのは給食だった。

給食なんて遠い昔過ぎて——なんてことはなく、俺は中学まで給食にお世話になっていたし、専門学校でも給食メニューの実習をしたりした。だから、すぐに浮かんだメニューが味噌仕立ての汁物だった。

でも、野菜だけってわけにはいかないから、出汁も兼ねて切り落とし豚肉をどっさり使うことにしたんだ。名付けて夏野菜豚汁だな。

営業用の下拵《したごしら》えがあるってのに山のような野菜を切るのは大変で、ひーひー言ってた俺を見かねてレイモンドが頑張ってくれた。凄く真剣な顔で包丁を手にかぼちゃを切り刻む彼は、なんだか凄く手際が良かった。

さすが戦士!

出る直前まで火を通し、キッチンカーでは頑丈に作ったストッカーに納めて固定。すこしだけ早めに拠点へ向かって、営業前に素早く渡す予定だ。

「じゃ、渡すぞー。レイ、頼む」

渡すのもレイモンドにお任せですが、なにか？

俺の腕じゃ窓際のカウンターの上まで持ち上げられても、窓の向こうに移動させることはできん！　途中で腕がプルプルしだして、手が離れて落としそう。

では、俺は何をしてるかと言えば、料金計算してるのだ。

「持てるかな？」

「これくらい、軽いものよ？　あーいい匂い……」

「……」

心なしか、レイモンドの返事の声が萎えていた。怪力女神様を前に、夢から覚めたか？　勘違い戦士は。

レイモンドが両手で持った鍋を、フィヴは片手で受け取ったのだ。それも、本当にひょいっと持って。大鍋は無事に妙な物へ変化することなくフィブの手に渡り、彼女も大満足の様子だった。

少しだけ呆然としているレイモンドの手に、フィヴが貨幣を乗せる。

お、今度は黄色の石が二枚入ってる。

受け取った手を、そっと窓からこちらへ引くと。

「おおーっ！　何度見ても、やはり凄いなっ」

いつも自分が支払っていた立場だったから、今度は受け取る立場で新鮮なんだろ。目を見開いて、変わる瞬間を楽しんでいる。

さすがに、紙幣には変化せず五百円玉で換金されていた。何が基準なんだか、さっぱりわからん。

でも、これは大変なことなんだ。俺たちは、異世界から硬貨を消してるだぞ？　マネーロンダリングみたいなもんなんだぞ？　それに加えて、料理を密輸……。

「鍋は空になったら返してくれ。それと、次はどうする？」

「毎日じゃお金がもたないから、明後日でいい？」

天井に張りつけてあるカレンダーを見上げ、休日じゃないことを確かめて頷いた。

「今度は、魚に衣を付けて揚げる料理になる」

「うん。それなりの量があればいいわ。サカナ食べてみたい！」

「おう。じゃあな！　好評だったら教えてな～」

「了解。ではまたね」

フィヴは、早く食べさせたいからと軽々と鍋を片手に持って去っていった。その後ろ姿を俺たちは見送り、窓を閉めながら内心で祈った。

何事もなくみんなが楽しんで食事ができますように、と。

結局、料理を持って戻った際に、みんなに配りながら事情を打ち明けるということになった。俺たちが応対するのは、フィヴを入れて三人のみ。それ以外の人が来ても、個人的に商売しないこと。そして、このことはフィヴがいる避難地区だけの秘密。以上の約束が守れないなら、俺は売らないとフィヴに告げた。

俺を人が好すぎるとレイモンドは指摘したが、こと商売に関することなら非情になるよ？　何も売らないとは言ってないいんだ。約束を守ってくれれば、お互いに公平な商売ができるってだけの話だ。

交流は持ちたいけど、それはひっそりこっそりでだ。別に異世界で飯屋やりたいわけじゃないんだしな。

さーて、巧く話は纏まるかな？

なんて、俺たち二人は心配しながらも、フィヴなら巧くやると気楽に考えてた。

それどころじゃないのに。

――音もなく嵐が近づいていたのに。

＊　警戒警報発令

その日の早朝、助手席に座ったレイモンドは、今日は家で過ごしたいと唐突に言い出した。

すでにキッチンカーを走らせている最中で、これから業者を回って買い出しと商品受け取りをし、一旦自宅へ戻る予定だった。まぁ、キッチンカー内でしかスムースな会話ができないから、乗り込んできたんだろうが。

「え？　あっちの窓の確認は？」

「……当分はあのままだろう。それにな、あまりこの世界に馴染むのは拙い気がする」

向かい合って話しているわけじゃないから、レイモンドがどんな顔で言っているのか判らないが、その声には申し訳なさそうな遠慮が混じっていた。

「あー、確かにそうだなぁ。下手にこっちの生活に馴染んでしまうとさ、向こうに帰った時に変な違和感に苦しむことになるかもなぁ。で、家にひとりでいて、なにするんだ？」

「あのな……トールの家にある物で、私の国でも作れる物があるか知りたいんだ」

お？　これって、知識チートになるのか？　逆知識チートか？

「知ってどうする？」

「向こうへ戻っても、たぶん王都は壊滅状態だろう。そうなると、国自体がどうなっているか予測もできない……」

「ああ、あれじゃ城も壊されたと見るべきだな」

俺の目の前で、一匹のドラゴンによって城壁ですらあっという間に破壊された。あんな奴が何頭も飛んでいたんだ。どんなに頑強な城だって無事じゃないだろう。

「すこしでも生き残った者たちの為になる知識を得たい。たとえば、食料……料理の方法や野菜の栽培方法。あとは鉄を使い、武器ばかりではなく生活に役立つ物を作ったり。ああ……あの、ホウチョウとピーラーと言ったか？　ナイフとは違う刃物はいいな。それにフトン！　綿と羽毛だけで作れて、柔らかく暖かい！」

良かったぁ。

レイモンドは、ちゃんと心得ている。こっちの世界からあっちへと、『存在しない物』は持ち出しちゃいけないと理解しているんだ。いや、持ち出そうと思っても無理だけどな。

もし持ち出せたとしても、そんな物を所持していることがあっちの人々に知られたら、大騒動になるのは間違いない。明るい未来へ繋がる騒動ならともかく、レイモンドを中心に彼に連なる人たちは嫌な思いをするだろう。

とはいえ、目で見て触っただけで同じ物を作るのは大変だと思うぞ。たぶん、試行錯誤の連続になるな、きっと。

「それと、力仕事は手伝うから、キッチンカーの中では本を読む時間をくれ」

「ここなら字が読めたんだったな。おう、いいぜ」

言葉だけじゃなく、目から入った情報も翻訳してくれる便利さ。だから、せっせとメモを取りまくっているんだな。

その日、俺はレイモンドにいくつかの注意をして、営業に出かけた。

久しぶりの一人営業は目まぐるしく感じ、ＯＬさんたちにレイモンドはどうしたと聞かれて、留学生なんで当分は勉強で忙しいそうですと答えておいた。

商品を受け取って残念そうな顔で戻っていく彼女たちを見送りながら、ちらっと嫉妬したのは内緒な。

その合間に、報告のため窓の向こうを垣間見る。

瓦礫といっても城壁の巨石だ。俺の目には岩で窓を塞がれているようにしか見えない。それでも、左右の隙間からは光も届いているから明るいし、何かの気配くらいは掴める。だが、人が通れるほどの隙間じゃないのがなんとも辛いところだ。

こっちの世界の機材を、あっちに持ち込めたらなあと思うのはこんな時だ。でも、この窓から破砕機を突っ込むなんて無理だろうけどさ。俺でも扱える程度の性能のドリルで、時間をかけて砕いていくくらいが関の山か。

十三時の時報が聴こえた頃には、閉店と撤収の準備を始める。畳んだ看板と発電機を後部に運び入れ、あちこち見回ってゴミを回収して、窓に掛けたミニカウンターをかたずけて窓を閉める。

さて、パン屋とケーキ屋さんに寄って仕入れしてから、帰り道で和菓子屋さんだな。

頭の中で帰路の途中で店に寄る順番を考えながら、十三時三十分になったと同時にキッチンカーを発進させた。

洋菓子『楓』に寄ると、——槐《えんじ》色の三角巾にエプロン姿の野々宮さんが迎えてくれた。

彼女も中井と同じく専門学校でできた仲間で、俺よりふたつ年上のオネーサンである。

栗色に染めた髪をダンゴにまとめてエプロンと同じ色の三角巾で止め、二重でくりっとした目とちょっとポテっとした唇が笑みを浮かべる。そのくせ、百七十センチちょっとの俺よりすこしだけ低い長身で、組んだ腕の上にエプロンをばーんと盛り上げる胸を乗せ、俺に近づいてくるなり肘でぐいぐいと小突いてくる。

なな、なんなんだ⁉

「ねぇ、透瀬んとこ、キンパツのイケメンがバイトしてんだってー？　今日はいないのー？」

なぜ、女という生物は地獄耳なのか。

ビル街からこのケーキ屋は、それなりに距離が離れている。それに、以前ここに仕入れに寄った際には、レイモンドは店舗内に隠れてもらっていた。

いったい、どこから……。

「誰情報だよ。それ」

クッキーとドーナツのセットを五袋ずつ受け取り、前回分の売り上げ支払いと販売手数料の伝票を切ってもらう。

「あのねー、ウチの常連にデリ・ジョイの常連がいるんよ」

「はぁー。あまり広めないでくれよ。ちょいわけありのヤツなんだ。もう店頭には顔を出さないから……」

思わず内心で舌打ちした。

俺も迂闊《うかつ》だった。浮かれた頭で調子に乗って、イケメン売り子なんっつって顔出しさせてしまったのは失敗だった。

これは早々に対策を練らないとな。でも、レイモンドは学びたいと言ってるし……。どうしたもんか。

「なに？　お忍びの王族とか？　ハリウッドスターの隠し子？」

「寝言は寝て言え……」

「えー、じゃあ、何者よぅ？」

「ひ、み、つ。じゃ、これもらってくな！」

からっとした性格なんだが、興味を持つと執拗に絡んでくるからこーゆー場合はさっさと逃げるに限る！

たぶん、中井にも筒抜けなんだろうなあ。まだ伝えてないにしても、口止めしなけりゃ時間の問題だろう。というのも、彼と彼女はお付き合いされてる最恐カップルだから。

ケーキ屋とパン屋の後継者同士だけに周りの人たちは祝福して、未来に期待している。専門学校の時から始まった付き合いだけに、甘々な時期はとうに過ぎてるようだけど、仲の良さはいまだに揺るぎない。

友人の俺から見て、男女の差はあるけど性質がすげー似ているふたりなんだ。だから性格は正反対だけど、思考が同じだから反応も——。

野々宮さんが中井に今日のことを伝えたとしたら、中井もきっと興味を示す。ガキじゃないから、親友の俺たちに黙ってやがって！　なんつー熱く憤ったりはしないタイプだが、その代わりに独り住まいの俺が一風変わった人間を住まわせているって状況に関心を持つだろーなー。

ううっ。顔を合わせた時のふたりの反応が怖い。きっと、マシンガン並みに質問されまくりだな。

欝々と考えながら急いで帰宅すると、当のレイモンドは——安らかな寝顔で昼寝の最中だった。

俺が作っておいた握り飯三つは消え、空の皿だけが卓袱《ちゃぶ》台の上にあった。

こいつは呑気に……。

＊　俺の知らない残酷な世界

今日は、フィヴと選ばれた彼女の仲間と顔合わせの日だ。

予定がなかったなら、レイモンドはまた家で待機するはずだったんだが、俺と一緒にフィヴに会ってる以上は顔繋ぎしておかないとってことで同行する。

俺が営業をしている間、レイモンドは日よけシートをフロントに掛けて助手席に座り、そこからはみ出さないように注意しながら読書をしている。読んでた本は、家庭菜園から始まり料理レシピ集や亡くなったばーちゃんが俺に残してくれた知恵袋を書き留めたノートなどだ。

真剣な顔で黙って読み進め、時折メモを取る。それらの知識が、あっちに戻ってからのレイモンドの知恵袋メモになるんだろう。単なる情報の収集じゃなく、彼がこれからを生きていく上に役立つかもしれない糧になるんだ。意欲的なのも当然だ。

午後の営業も終わりに近づいた頃、助手席で読書をしていたレイモンドはそろりと店舗スペースへ入ってくると窓を細く開けて確認を始めた。俺はそれを尻目に、フィヴに会う時間的余裕を作るため、閉店準備を急ピッチで進めていた。

この役割分担なら、レイモンドがフィヴの相手をしてくれている間に俺はゆっくり閉店準備ができるし、客が来ても慌てず接客ができる。

外回りの作業を終えて店舗に戻ると、レイモンドはまだ窓を細めに開けただけにして首を傾げていた。

「どうした？」

「何かおかしい……」

「何がだ？」

「フィヴがいない」

「え？」

靴を脱いでカウンターに膝を乗り上げて、レイモンドの頭の上から隙間を覗きこんだ。

いつもなら窓の前に立って待機しているはずのフィヴが、確かに見当たらない。

それに——。

「ん？　なんか街道の辺りが変じゃ……え？　あれ……」

「あれは！」

片目で覗いているせいか、はじめはソレが何か理解できなかった。

じっと凝視していると、その内にゆっくり細かい部分が鮮明になっていく。気づいたら、俺は思い切り二枚の窓ガラスを全開していた。そして、今度こそ両目を凝らしてソレを見つめ、間違いないと確信した。

街道と空き地の境目辺りに、複数の人たちの遺体が転がっていた。

それも殺害されたと一目で判る惨たらしい状態でだ。フィブと同族の証になる部位が遺体と共に散乱していて、でも人の形からは程遠い存在に成り果てていた。

俺たちの位置からは、空き地の出入口になっている僅かな幅しか街道の地面は見えない。膝上くらいに生い茂った雑草が街道を隠している。

でも、見えなくても解る。みんな逃げようとしたらしく、同じ方向に頭を向けて倒れているから。バラバラであっても、伸ばされた手が、向けられた顔が、逃れたいと。

喉が詰まって、胃から何かが込み上げてくる。それを必死に飲み下して口を開けた。

「フィヴーーッ‼」

生きててくれ。

俺と約束したはずだ。絶対に生きて逃げろと。

「どこだ！　フィブッ‼」

俺の下から、真っ青の顔をしたレイモンドが叫んだ。

俺とは違い、死がより身近にある世界で生きていたレイモンドは、この光景の深刻さが理解できているだろう。

悲鳴や叫び声は聞こえない。嫌な轟音も争っている様な音も、何も届いてこない。

ただ、見慣れた風景の中に、異質な光景が重なっていて。

「フィーーーーヴッ‼」

「いるなら、こっちに来い‼　敵はいないから‼」

頬が痙攣する。窓枠を掴む手が冷たくなっていく。

また、こんな思いをするのかよっ。もう、いやだっ。

「トール……レイ？」

がさりと窓の後ろから草を掻き分けて、少女の細い声が耳に届いた。

もうそこからは、俺もレイモンドもなぜか声を抑え気味にしてフィヴを呼んだ。

大丈夫だ。敵らしいヤツはいない。そう伝えて名を呼ぶ。

大木の後ろから現れたフィヴは泣きじゃくって顔を涙と土埃で汚し、レイモンドが伸ばした力強い両腕の中に顔を埋めた。

「何があった？」

厳しい顔と声で、レイモンドが腕の中に尋ねた。

「竜王の……せ、せんこ、先行部隊が来てっ……ヒッ……み、皆がちりぢりに逃げたんだけれど、小さい子たちがっ……ううううっ」

唸るように号泣しだしたフィヴを、レイモンドはしっかりと抱き寄せて頭を撫でた。俺はとにかく警戒し、周囲を見回す。

どんな敵か知らないが、竜王というくらいだからその手下も竜族か何かなんだろう。きっと、空を飛んで襲って来たんだ。

その時だった。

俺もレイモンドも咄嗟に腕が動いた。

俺は上空を見上げていたから気づき、レイモンドは戦士として殺気でも感じたのか。少々乱暴に伸ばした四本の腕で力一杯フィヴを掴み上げ、有無を言わさず窓の中へと引き込んでいた。

フィヴの足が窓のこちら側に入った直後、樹の幹にぱしぱしと軽い音を立てて何かが突き刺さった。

フィヴを抱いたレイモンドと俺は、窓に向かって真っ直ぐに飛んでくる得体の知れない異形の男たちをひと睨みすると、すぐに窓を閉めた。

「あーーーっ、なんだ？　あれ！　なんなんだ⁉」

我先に俺は床に腰を落とし、レイモンドはカウンターに縋《すが》ってへたり、降りるスペースのないフィヴは、白い肌をもっと真っ白にして呆然とカウンターに身を縮めて座り込んでいた。

俺は、思い切り喚き散らして緊張と恐怖を吐き出し、それから改めてフィヴを見上げた。

「ようこそ、俺の世界へ。いらっしゃいませ。キッチンカー『デリ・ジョイ』へ……」

短期間で同じようなセリフを口にすることになるとは！

そして、またやっちまったよ……と反省するが、後悔はしない。ドアの次は窓かよ！　と、ただ驚いてるだけだ。

俺の台詞を聞いて、へたっていたレイモンドが、ぷっと噴き出して笑い始めた。俺もそれに釣られて乾いた笑いを漏らす。

そんな俺たちを、フィヴは驚きのあまり口をぽかんと開けてカウンターの上から見下ろしていた。

でも、その綺麗なオッドアイからは、絶え間なく悲しみの涙が流れ落ちていた。

＊　戦争というもの

親しい人の悲惨な最後を目にしてしまった嘆きや悲しみは、肉親を病の末に看取った経験しかなかった俺には計り知れない。同じ悲しみでも、深度が違うというか……。

今、俺の前で涙を流し続けているフィヴに、優しい労わりの温もりを与えているのはレイモンドだ。俺は、ただ暖かい飲み物を黙って渡し、まだ震えが止まらないフィヴの手ごと俺の手で包んで飲ませた。

「あの、黒い奴らが竜王の兵なんだな？」

俺の問いかけに、レイモンドが渡した蒸しタオルに涙ごと顔を埋めたフィヴは頷き、また声を押さえて泣き出した。

すでに帰宅して駐車場に停めたキッチンカーの中で、俺とレイモンドはとにかくフィヴが泣きやむのを待っていた。思い切り泣かせてすこしでも気持ちを落ち着かせ、説明と現状を把握してもらうために。

恐怖と悲しみに体を凍えさせていたフィヴのために両方のドアを開け放ち、夏の夕暮れ時の温い風を引き込む。遠くから聞こえる蝉《せみ》の鳴き声と、フィヴのしゃくりあげる声だけがキッチンカーの中を流れていた。

窓からしか見ていない無関係の俺ですらあの光景はショックだった。TVやPCのモニター越しで見る痛ましい戦場の一コマとはまったく違う強いインパクトで、俺の脳裏に焼きついた。

姿形は違っても、同じく生命を持つ者同士だ。病気や事故の死とは正反対の、他者の悪意が凶器になって下した死だ。

殺人事件は毎日どこかで起こっているけど、身近で起こらない限りは悲惨な現場を目にするなんて経験はないままだ。

本当に、俺のまわりは平和なんだ。

なのに、苦い溜息が無意識に零れた。

「先行部隊ということは、戦線が近いのか……」

ぽつりとレイモンドが呟いた。

「いったい、何が切っ掛けで戦争が始まったんだ？」

窓を挟んでの雑談では、あまり戦争について突っ込んだ話をしたことはなかった。せっかく奇跡による交流を果たしているのに、僅かな時間を笑顔で話せない話題で終わらせたくなかった。

でも、こうして彼女の世界の現実を見てしまうと、戦争という現実を知らない俺には、悲しみよりも怒りと憤り、そしていちばんの疑問が頭を占めた。

いったい、何が原因で大虐殺をするような戦争が始まったのか、だ。

俺が知る戦争は、敵の拠点を重点的に叩いて再起不能にし、なるべく敵兵士は捕虜にする。戦争するにも、条約と人道性から理由のない殺戮《さつりく》は禁止されている。無差別テロが世界中から非難されているのはそのせいだ。

昔は民族浄化やら人種主義とかを掲げて他民族を迫害し抹殺しようとした戦争があり、それが教訓となってはいるが。

――それと同じなんだろうか？　他種族の殲滅《ジェノサイド》なんて。

「分からないの。いきなり宣戦布告してきて、使者を送っても返答を寄こさずに攻め入ってきたの……。だから、私たちのほうでは『これは竜王の覇権狙い』だと」

「覇権？　でも、それなら他の種族を一掃する意味が理解できない。どちらかといえば、竜種のみの国家を……」

「それは無理！　私の世界では、ひとつの種族だけでは世界を維持できないのっ。それは……」

フィヴが語った彼女の世界は、なんだか難しくも不思議なものだった。

彼女の世界には、三種類の人種がいる。フィヴたちの獣種、羽根を持つ有翼種、そして今回の戦争を引き起こした竜種。

その三種族は、それぞれ役割となる能力を生まれ持つ。獣種は森林などの植物の維持。有翼種は大気の流れと気象の安定。竜種は大地の活動や土壌の保持だ。

太古の昔に神が種族ごとに与えた定住の地は、それぞれの能力に見合った地だったのだそうだ。彼らがそこで生まれて生活しているだけでその役割は果たされている。

だから、どの種が欠けても世界の維持は困難になる。なのに、今、獣種と有翼種は、竜種によって世界から淘汰されかけている。

このまま彼らが消滅すれば、森林や植物は消えて天は荒れ、川も湖も枯れ果て、残るは荒涼とした地だけだろう。それは誰もが知っていることなんだとか。

なのに、竜王は戦いをやめない。

――なぜ？　そんな世界を望んでいるのか？

「竜といえば……私の国もおかしかったのだが」

てっきりフィヴの世界のことをいろいろと思案していると思っていたレイモンドは、まったく違うことを考えていたらしい。

真剣な光を宿した緑色の眼が、俺とフィヴに交互に向けられた。

「トールに話した緊急遠征だが、あれは隣国との国境近くで大規模な森林破壊が行われた形跡が見つかり、その調査を兼ねた町や郷の救助だったのだ。ところが行ってみると、巨大魔獣……ドラゴンの群れが、彼らが住まう霊峰から下りてきて広範囲で大破壊をしていた」

レイモンドの世界では、ドラゴンは他の魔獣とは一線を画する強大な力を持つ生物なんだそうだ。

大陸の中央に長々と連なる山脈の頂近くを棲み処にして、滅多に下界には下りてくることなんかなかった。山にいる魔獣を食料にしてるから意味なく人や町を襲うことはなく、だから人々はドラゴンを『神の遣わせた地上の監視者』と呼んで神獣扱いし、畏れ敬っていた。

それがいきなり大集団で下山してきて、広範囲で大暴れし出した。それは天災と呼んでいい脅威だった。

第一陣で出向いたレイモンドたち王国軍は、破壊された町や村から生き残った人々を救出し、増援を求めて一旦王都へと戻ったんだが……。

「二陣が出発した直後に、王都が襲撃された。その被害は私の国のみならず、近隣国すべてに広がっていると知らされた。それまで一度としてドラゴンの群れに襲われることなどなかった我々は……」

フィヴとの初対面の時、レイモンドは切ない表情で『脆弱だ』と言っていた。

俺の世界だって、天災に太刀打ちできる術なんかない。ただただ、被害がすこしでも小さくなるような対策を考え出すだけだ。自然災害とドラゴンを比べるのは違うのかも知れないが、その地に住む人間にとったらどっちも災厄規模の脅威に違いない。

「今、冷静な頭で考えてみると、なぜドラゴンが下界に災いを撒き散らしはじめたのか、まったく原因がわからない。我々にとっては唐突に始まった無意味な破壊行動としか見えなかった」

眉間を寄せた苦渋を浮かべた表情で、レイモンドはフィヴを見詰める。それにフィヴは同意するように頷いた。

その頃には、フィヴも少しは落ち着いたのか涙はとまったが、それでも悲壮感まで消えてなくなったわけじゃない。疲れ切って汚れた顔は陰が落ち、マントは本当にボロボロだった。

「なんで、俺たちは出会ったんだろうなぁ。戦争と魔獣の災いに侵されているふたつの異世界と平和な俺。なんなんだろう……」

「……確かに。私とフィヴを助けるためかと思ったが、我々ふたりが助かったところで我々の世界が平和になるとは思えん。では、トールが？」

「やめてくれー。俺はただの弁当屋の料理人だっつーのっ！　俺がレイやフィヴの世界へ乗り込んだって、平和になんてできねーよっ。つか、俺の城を放って、戻れるかもわからん異世界に行く気はないしなっ」

妙な話の流れに焦った俺は、フィヴを迎え入れる用意のために立ち上がった。

いつまでもここに座り込んで、すぐに結論が出るはずのない会話を延々としててもな。

まずは、風呂の用意と腹ごしらえだな。

「レイ、フィヴに家の入り方と風呂の説明を頼む。俺は風呂と飯の支度をするから」

そう言い残して、キッチンカーを降りた。

ところで、フィヴの着替え……どうしようか。女の子用の着替えなんて、俺の家にはない！

＊　俺んちで三つ巴

レイモンドからいろいろと説明されて難しい顔をしたフィヴは、試しにキッチンカーから外へ出ると戦々恐々としながら辺りを見回して小声で呟いた。

「トール＊＋ＳＩＹＳＩ∴＋＠＆％＄」

さっぱりわからん。

案の定、フィヴも異世界語を話していたわけだが、レイモンドよりも唇の動きに違和感があったからまったく異なる発声の言語なんだろうと予想はしていた。

でも、音として聴いて口真似できるレイモンドの世界の言語とは違い、聞き取ることはできても発音できない言語だったのには新鮮な感動を味わった。

いくら獣種だっていっても骨格的には人間なのに、こんな音が出せるのか！　と感動したくらいだ。

まぁ、それはいい。

それ以上の難問が、俺の行く手を阻んでいる。年下なのに頼りになるレイモンドすら、この問題に妙案を出すことは無理だった。フィヴをどうにか浴室に送り込んだあと、俺たちはふたり揃って居間の真ん中で遠い目をするしかなかった。

その難問とは、フィヴの着替えだ。

最初は俺の服と新品トランクスで我慢してもらおうと思ったんだよ？　でも、いつまでも男物じゃ駄目じゃん？　かといって、女物を買いになんか行けません！　おもに下着あたり!!

それにな……あの可愛い顔で『パンツってなに？』とか問い返されてみろ？　伝え間違えたかと思って、下着や下履き？　と四苦八苦しながら言い換えてみたが……。

「なに、それ！　そんな物は着つけていないわっ！」

と顔を真っ赤にして叫ばれた時には、俺たちはキッチンカーから外へ飛び出してオロオロするしかなかった。

だってさー、あの容姿でノ、ノーパンって……。

すこしだけ不機嫌になったフィヴが説明をしてくれたのだが、彼女の世界の住人は時と場合によって肉体の形状を変化させる種族なんだとか。そのため、必要以上の衣服を身につけていると変化《へんげ》時に邪魔になるし、衣類も二度と着れない状態になる。そんな無駄なことをしてどうするのってことらしい。

とはいえ、ここは違う世界だし、ここに居る間は下着をつけてもらわないと他の服を着ることができない。だから、何度も説明してようやく納得してもらった。

で、その下着の入手なんだが……困った。

俺が頭を抱えて唸っている内に、レイモンドには他の説明をお願いしておいた。彼は自分の経験をもとに例の間取り図を出して、ひとつひとつ丁寧に伝えて始めた。

とにかく使用頻度が高い設備や事柄を優先的に説明してもらい、そこから部屋の用途や家具の取り扱いと順を追って話していってもらう。

まずは、風呂とトイレは絶対にきっちり理解してもらわないとな。レイモンドみたいに便器に嵌って助けを呼ばれても、フィヴ相手じゃ俺もレイモンドも救出に躊躇しちまうだろうから。

さて、俺の頭を悩ませる難問だが、罰当たりかも知れないがいちばん無難な入手法として祖母の遺品の中から探してみようと二階へ上がる。

十数分後、ばーちゃんの箪笥の中身を覗いてみて泣いた。着物と浴衣と帯しか入ってなかった。

そうだよなぁ。随分前に親戚一同が来て遺品整理してたもんな。

どうしよーかなー。母さんを呼ぶわけにいかないしなー。

さすがにフィヴを人前に出すつもりはない。レイモンドの件で反省したものあるが、まずケモ耳と尻尾が問題になる。

耳を帽子やキャップで隠し、尻尾もだぶっとした服装でカバーしたとしても、レイモンド以上にインパクトがある西洋風な美貌とオッドアイは、確実に人の注目を集めるだろう。

そして、フードやマントなしで向かいあって初めて気づいたんだが、顔の両脇に『耳』が存在しないのはどうしても違和感を覚え、今度はそこに目がいってしまう。長い髪を垂らして隠したとしても、何かのはずみでちらっとでもこめかみ辺りが露わになったら？　耳たぶすら見えないんじゃ、誰でも首を傾げるだろうさ。

馬鹿な人間の興味や好奇心を引いてしまって正体を暴かれでもしたら、大変な騒ぎになるのは間違いない。

というわけで、出した結論が『人目に晒さない』だ。

だから、着飾ってもらうつもりはない。が、服を着てもらわないと男の俺たちが困るんだ。

「ここにないとなると、フィヴに着せる服は男物しかないんだが……」

ばーちゃんの箪笥の中を悄然と眺めながら、俺は途方に暮れた。

ピカピカになったフィヴは見違えるようにその魅力を増して、眩しいほどの美人となって脱衣所から出てきた。もちろん、俺とレイモンドは陶然とフィヴに見蕩《みと》れ、焦った彼女の大声で正気に戻って照れ笑いでごまかした。

それにしても、どんだけ汚れてたんだ⁉

西洋人形と化したフィブは、俺の厚手のタンクトップにTシャツ、新品のトランクスと七分丈のワークパンツを履いて着心地悪そうに尻の辺りを気にしていた。

窓の向こうで会っていた時はいつもマント着用中だったから気づかなかったが、入浴前に着ていた服を受け取って洗濯する前に一度手洗いして認識を改めた点がある。彼女が履いてたズボンの後ろには、しっぽを通す穴があったのだ。

それを見つけた瞬間、俺は穴があったら入りたくなるほど赤面している自分に気づき、脳裏に浮かんだ妄想を躍起になって掻き消した。

ゲフン……まぁ、そういうことで、俺が渡したワークパンツと下着に穴を開けてもいいと告げると、フィヴも恥ずかしそうに俯きながら、ぎこちない手つきで鋏《はさみ》を使って穴を開けていた。

次は飯だぞーってことで台所のテーブルに料理を並べ、ジェスチャーで椅子を勧めた。

今日の夕食は、商品の残り物である総菜たちがメインだ。

ベーコンと野菜のスープにメンチカツ。茄子とスッキーニの味噌炒め煮に生野菜盛りだくさんのサラダ。そして、みんな大好き鳥の唐揚げだ。

あっ、フィヴのはあえて味や香辛料を抑え気味にして別に作り、それでもどれくらいの味付けまで美味しく食べられるか試しに食べてもらうことにした
すでにレイモンドは座っていて食前の祈りを始めている。何に祈っているのか知らないけれど、敬虔な信者な彼の祈りを邪魔する気はない。

その向かいにフィヴを座らせると尻尾をくるんと腰に巻きつけて、さっきまでの不機嫌はどこにいったって笑顔でテーブル上の料理にオッドアイを輝かせていた。

「トール！　トール！　＊＋&%#$＊＋＊」

「はいはい、どーぞー！」

子供のようにはしゃぐフィヴを落ち着かせ、フォークとスプーンを並べて用意し、ついでに濡れふきんも置いておく。

ここでは食い散らかさなければ、どんな食べ方でもOKだ。常識だマナーだとうるさく言って、食事が美味くなくなっても嫌だしな。

ふたりが食事をしている間に、とにかくキッチンカーの中を掃除しておかないとならない。いちばん大事な商売道具の上、いちばん気を使ってやらないとならない場所だ。

レイモンドに『キッチンカー、掃除、行く』と単語で話しかけ、頷きが返ってきたのを確かめてから駐車場に移動した。

いろいろあって頭が沸騰気味だが、それを鎮めるためにも日課の作業は必要だ。

さて、頑張るか！

＊　女の子の扱いは大変！

キッチンカー内の掃除を始め、そろそろ最後の仕上げをと滅菌液を吹きかけながら乾拭きをしていると、フィヴが家から飛び出して駈け込んできた。

「おい、こら！　掃除してんだから静かに入って来てくれよー」

「だって、何処へ行ったのかと思って心配したのっ。さっきはごめんなさい……トールが私を気遣ってくれてのことなのはわかってんだけれど、下着？　がなぜ必要なのか理解できなくて。でも、トールの貸してくれた服を着たら理解できた……」

謝罪に来てくれたのにはホッとしたが、俯いて赤面しながら伝えられると俺までまた慌てふためきたくなるっつーか、こっちまで恥ずかしくなるって！

いかんせん、内容が女子の下着についてだからなおさらだ。

俺が与えた衣服は男物で、わりとゆったり着たり履いたりできる物を選んだ。女物がないせいもあるが、いままでフィヴが着ていた衣類を見分するとやはり身幅がある厚手の物だったから、それと同じ様な着心地の物がいいだろうと思ったんだが。

でも、マントは着ない。つまり、尻付近を覆い隠すような上着はないのだ。ワークパンツ一枚だと、尻尾用に開けた穴の隙間から素肌がチラチラ……げふん！　ってことになる。だから、その下にもう一枚薄手の物を履くのかと実感したらしい。

それでも、完全に隠せるわけじゃないんだけどな。かといって、この暑い季節に丈の長い上着ってのもなー。

「まあな、脱ぎ着が大変だろうけどしばらく耐えてくれな」

「大丈夫！　気になる点があったら自分で工夫してみるわ。手が掛かると思うけど、許してね？」

「フィヴ……変に気負うな。いろいろあったんだし、さっきこの世界へ来たばかりなんだ。それに、連れてきたはいいけど、フィヴをあちこち連れ歩くことはできない。不自由させるかと思う。でも、すこしでも心を落ちつけてから帰れるように、俺も努力するから……な？」

「うん。ありがとうっ」

こくんと頷いたフィヴの頭を撫で、そこで俺は彼女を異性としてじゃなく妹のように想っている自分の心情を自覚した。

最初に出会った時、オッドアイのケモ耳美少女だと騒ぎながら自分の心に下心っつーか男なら持って当然のスケベ心があったのを思い出す。男ならごく普通に可愛い女の子イコール彼女にしたい！　と妄想するくらいの気持ちだ。

でも、彼女を囲む情勢と環境を知っていく内に、どうも保護欲のほうが勝ってしまったようだ。遠く離れて一人暮らしをしている妹を心配する兄気分で、フィヴという名の『個人』であり『異性』だってことを無意識に隅に追いやってしまったらしい。

馴れ馴れしく触ってしまったことを詫び、恥ずかしながら疑似兄妹愛的心情を暴露すると、フィヴは噴き出して大笑いしだした。

「トールのそれって、兄よりもお母さんみたいよっ」

それを聞いて、俺はがっくりと肩を落とした。


その夜は、フィヴには祖母の部屋で休んでもらうことにした。布団の感触に歓声を上げて寝転がっていたと思ったら、次に振り返った時にはすでに寝息をたてていた。

ガウンのように着てもらうつもりで出した浴衣を枕元に置いて、服を着たまま大の字になって眠るフィヴにタオルケットをかけると灯りを消して部屋を出た。

波乱な状況と感情に振り回されて、心身共に凄く疲れていたんだろう。

安全で静かなこの部屋で、ゆっくり眠りについてくれ。

そう願いながら、俺は自分の部屋へと引き上げた。


俺は夢を視《み》ていた。

上下左右の区別もつかず、自分の指先すら見えない真っ暗な闇の中で浮いている。


――ソロッタ！――

――スベテ　ソロッタ！――

――コレデ　ツナガル　コレデ　モドレル――

――ハヤク　ハヤク！　イソイデ！――

――セカイ　ガ　オワッテシマウ　マエニ――

男とも女ともつかない幼い子供の声が、反響を伴って耳に届いた。
早く早くと急かす声は悲痛な焦燥感を帯びていて、それが舌足らずな子供の声だから、酷く切なく耳の中でこだました。

――急かすでない！　いくら修理されておるというてもな、ワシはもともと老体なのじゃぞ！　壊れてしまえば一巻の終わりじゃ！――

今度は、しゃがれ声の爺さんの一喝だ。
一瞬、俺が叱られてるのかと思ったくらいの大音声で、でも内容で子供たちに向けたんだと解る。
あんたらは誰だ？　なんの話をしているんだ？　と尋ねたかった。

しかし、どう頑張っても声は出なくて、ただ浮いて彼らの話を聞いてるしかなかった。

――しかし[redacted]は酷いのぅ。こんなジジィに苦行を強いるとは。やっとの思いで溜めこんだ神力じゃのに。儂を大事にしてくれた主《あるじ》に報いようと考えておったというに、□□□も□□じゃ――

ジィ様は一喝の後で、ぼそぼそと頼りない口調で愚痴を零しだす。

でも、聞き取れない部分があって理解できない。

――アリガトウ　アリガトウ――

――モウスコシ　ダ　ガンバッテ――

――チチ　ガ　ハハ　ガ　マッテイル――

――カレラ　ガ　クルウ　マエニ　ハヤク――

――おうおう！　解っとる！　□□□の過ちで起こったことじゃ。文句は儂にではのうて、□□□に言うがいい！――

うーん……。

誰かの過失の尻拭いを誰かがこのジィ様に頼んで、ジィ様が解決に奔走してるってことか？　それじゃ、この子供たちは？

過失のせいで、被害を被った子供たちか？


――そうじゃ！――


いきなりぱっと目が覚めた。まだ耳の中で最後の叫びが響いているようで、頭を振った。

なんだったんだろう？　ただの夢にしてはわけわからん。

＊　へたれな俺たち

翌日の営業だが、睡眠を十分に取って顔色もよくなったフィヴが、両方の異世界を自分の目で確かめたいと言ってきた。なので、俺とレイモンドはこの地球という世界の現状を話して聞かせた。

まあ、予備知識っつーやつだ。

この世界には、フィヴのような獣種はいないこと。万が一捕らえられたら、俺たちとは会えない場所に監禁されるだろう、と脅しておいた。

これは冗談じゃなく事実だ。

頭や尾てい骨から生の獣耳や尾が生えている人種を、科学が発達したこの世界の学者や研究者が放置するわけがない。人権だなんだと団体が騒いでいるが、その人権がフィヴにあてがわれるか——人間は自分の利や欲に囚われると、他人の権利なんて難癖つけて無効にするしな。

フィヴはすくなからずショックを受けた様子で、神妙な表情を浮かべて頷いた。

とはいえ、家の中とキッチンカーの中だけってのは酷すぎる。だから、いくつかの約束と条件を出して、その範囲内なら自由にしていいと告げた。

家の敷地内なら好きにしていい。ただし、近所の人目に付かないように十分注意してくれ。営業中は店舗内の端に隠れているようにと頼み、どちらの場合も暑いだろうがパーカーのフードを被っていて欲しいとつけ加えた。

「では、朝飯食うぞ！」

朝会議に時間をくったために、朝食はキッチンカーの中で食うことになった俺とフィヴ。

そろそろ日差しが強くなってくるってのに、彼女はコッペパンに小型のオムレツを挟んだパンを頬張りながら、車から飛び出して敷地内を探索しはじめた。

家の周りは生垣と木塀で囲まれていて、玄関前と駐車場前だけがひらけている。そこに立つことなく、物陰を伝ってちょろちょろと移動し、じっとどこかを眺めてはまた移動しを繰り返して、俺が出発を知らせるとやっと戻ってきた。

とにかく目新しい風景に興味津々で、動いてもいい範囲の匂いや場所をきちんと把握しておかないと落ち着かないらしい。さすが猫科。

キッチンカーのエンジンをかけると、その音を聞きつけたレイモンドが玄関まで出てきて、手を振って見送ってくれた。片手にTVリモコンを持っていたのには、二人で爆笑したが。

「今から行くところの窓は、レイの故郷なのよね？」

フィヴは助手席でベルトをしっかり締めて座り、フードを目深に下ろしながらフロントやドア窓から外を観察している。視界の隅で、フード頭があっちこっち行ったり来たりしている。

「おう。ただな、城壁のデカい瓦礫が窓のそばに落ちたらしくて、ほとんど外が見えないんだよ」

「押してもだめなの？」

「レイが蹴ってみたが、びくともしなかった」

「ふ〜〜ん。ね、ね！　アレなに!?」

気のない返事のあとは、拠点へ着くまでテンション高めの質問責めだった。

面白かったのは、レイモンドと違ってフィヴは何を見ても怯えない。車もビルも信号機も、とにかく好奇心が先に立って恐怖心が湧かないらしい。

尋ねてみたら、自分の世界とは同じ物がひとつもなくて、夢の世界にいる気分なんだと答えた。

夢の世界だから見慣れない珍しい物が溢れた光景なのは当然で、俺という案内人が近くにいるから安心して夢を見ていられる。そんなふうに淡く微笑んで語った。

でもな、頼む……運転手によそ見させないでくれ！

本日のお勧めメニューは、白身魚の香草焼きとチーズ焼き。

フィヴや避難民に給食供給のために大量購入した冷凍白身魚が、今日の目玉にされるのは必然だ。それでも、無難な調理方法にしたのは、もしかしたらフィヴの世界に生き残った仲間がいるかもしれないから。

フィヴには助手席スペースに隠れてもらい、レイモンドが与えた家の間取り図を見ながらメモ書きで時間を潰してもらう。

お、遅出の常連ＯＬさんが、香草焼きとサラダのセットにおにぎりをお買い上げ。もうひとりは、買い出しを頼まれた力持ちＯＬさん。今日も袋四つを両手に持って、会社へと戻っていった。

新顔のリーマン君が三人でカレー丼とパスタサラダをご購入。メニューチラシを付けたら、冷製コンソメスープを追加で購入していった。

正午を過ぎて、買い出し客がわーっと来て帰っていったのを見計らってフィヴを手招く。身を屈めて窓へ近づいていくのを見ながら指で窓を開ける指示を出した。

最初はそっと細目に開けて確認し、それから半分ほど開いた。

「へぇ、これねぇ……」

そーっと手を窓の先へ伸ばして、視界を塞ぐ巨大な瓦礫を撫でて確かめ、そろそろと力を加えて押したり叩いたりしだした。

おいおい、と思いながらも見守っていると、ふいに俺を振り返ってニンマリと笑んだ。ぐいっと

横に広がった唇から。小さな牙が覗いている。

「……なに？」

意味ありげな微笑みに、なんだか背筋が泡立つようなイヤーな気配を感じ、問いかけた。

「これ、私の蹴りでいけるかも。ただ、少し助走する幅と私の体を押さえてくれる人が欲しいの」

「簡単に言うなよーっ。レイが蹴ってもびくともしなかったんだぞ？」

「うふふっ……トールたちの脚と私の脚は作りが違うのよ。獣種の力を甘く見ないで～～」

もう……これは女子力とかカワイイもんじゃない。世界が変われば、自慢する点も変わる。こっちはか弱さや可愛さだけど、あっちは豪胆さと力なんだな。

確か、身体を変化させるって言ってたっけ。俺より小柄なフィヴだが、よく似た骨格であっても違う生物なんだと改めて実感した。

それにしても、助走する幅と押さえる力かあ……。

以前レイモンドが試した方法は、カウンターに台を置いて窓の縁と同じ高さにし、その上に仰向けに寝て両足で蹴る。あとは、カウンターに立って片足でキックを入れていたくらいだ。だが、どちらも軸足や背中を押さえる支えがなくて、威力不足で断念したんだよなぁ。

だったらフィヴは一体どんな？

「あのね……」

と呟いたきり、ボールペンを持って黙々と何かをメモ用紙に描き始めた。

彼女が図に描いて説明してくれた案に、俺は首を傾げた。そんな程度でできるのか？　大丈夫なのか？　と、あまりにも単純な仕掛けに胡乱な視線を向けた。でも彼女は何度も頷いた。

ま、試してみないことには始まらない。何もしないで嘆いていても、それじゃ何も進まないしな。

明日は定休日だし、閉店のプレートを下げて試しにきてみるか。

昼の営業を終わらせ、フィヴと一緒に呑気に打ち合わせをしながらキッチンカーを走らせる。夏用のパーカーとはいえ、冷房も効かせていない車内じゃ暑いだろうなあと申し訳ない気持ちになりながら。

家の駐車場にキッチンカーを停めると同時に、レイモンドが真っ青な顔をして裏口から飛び出してきた。

何事が起きたかと身構えたが、ドアを開けて車内に入ってきたレイモンドは息を切らして掠れ声で話しだした。

「うとうとしてたら、奇妙な夢を見た……」

「夢？」

「『早くどけろ』や『月夜に開けろ』と子供の声で――」

内容を聞いて、どきっとする。

覚えがあるなんてもんじゃない。昨晩見たばっかりの夢と同じだ。

「その夢、俺も見た。いや、聞いたってのかな？」

俺の告白に、レイモンドとフィヴは瞠目した。

＊　闇からの呼び声

レイモンドが見たという不思議な夢は、俺が昨夜見た夢と状況が似て――いや、まったく同じだった。

するつもりのなかった昼寝だっただけに、ぼんやりと夢を見ているという意識がどこかにあったという。夢の中の自分が、これは夢だと自覚しながら見る夢を明晰夢《めいせき》と呼ぶらしく、そこも俺と同じだったことに驚いた。

暗闇の中に自分は浮かんでいて、男か女か分からないけど子供の声が聞こえてくる。舌ったらずなカタコトに近い口調で、途切れ途切れに何かを訴え懇願していた。主語がないから何をさせたいのか、誰に頼んでいるのか判らない。ただ、凄く焦っているのだけは痛切に感じられた。

「月夜に開けろ、早くどけろ？……なんだ？　俺のほうは、揃っただの繋がっただの戻れるだの言ってたな。あ、じぃさんの声も聞こえなかったか？」

「いや、子供の声だけだった。トールたちが戻ってきた音がして目が覚めて、慌てて起きた」

首を傾げまくる俺たちを見ながら、フィヴがぼそりと呟く。

「なんだか、神様の託宣みたいな夢ね。トールとレイが同じ夢を見てるなんて。そうすると、今夜は私かしら？」

「神の託宣ねぇ……」

無神論者の俺には、いきなり神託だと言われても抵抗なく受け入れることは無理だ。ただし、平常の俺ならな。

今現在、俺の平常は長期休暇らしい。代わりに非日常の中へと無理やり引きずり込まれてしまい、神の奇跡としかいいようのない現象を体験中だ。

その証拠に、本来この世界に存在していないはずのふたりが今ここにいる。

今なら夢が神様からのメッセージであっても、何ら不思議はないだろう。

「フィヴがこちらに来た夜に、トールは『揃った』『繋がった』『戻れる』と話す子供の声を聞いた。そして、私がそのあとに『開けろ』『どけろ』と……」

「揃ったのは、トールとレイと私？　繋がったのは……世界？　私が来たことで三つの世界が繋がったってことかしら？　でも、もっと前から繋がっていたわよねぇ。それに、どけろって言うのは……」

「あれだ！　あの瓦礫！　レイの世界の！」

ジグソーパズルのピースが入るスペースを、三人で頭を捻りながら探す。そこに現れるはずの答えを早く見たいから。わずかな高揚が、俺の心を騒がせた。

これが中井や他の友人相手なら、神なんて信じずただ妙な夢を見たと、ごくありきたりな雑談のネタの一つとして終わらせている。

でも、今の俺たちは、奇跡の中で生きている。

「何のためにこんなことが起こったのだろうかとずっと考えていたのだが、もしかするとこれが真実に繋がっているのか？」

「まだ……夢でしかないからなぁ。試してみ――あっ、そう言えば！」

試してで思い出した俺は、ついさっきフィヴが考えた瓦礫の撤去について、レイモンドに話して聞かせた。提案というわりにはほとんどフィヴまかせの内容に、レイモンドは渋い顔をした。

拳を額に当てて唸りながら考え込むと、自信満々のフィヴを見つめる。

「……大丈夫なのか？　無理をして怪我をされたら、困るのはトールだぞ？」

「できないことは言わないわ。……あれをどうにかしないと、レイは故郷へ帰れないんでしょ？」

すこし物憂げな眼差しでレイを見返したフィヴは、ちゃんと相手の苦悩に気づいていた。

同じように気持ちの整理も準備もせずに、いきなりこちらへ引っ張り込まれた者同士だ。フィヴはともかく、レイモンドは身内や仲間の安否どころか故郷の状況すら確かめる術がない。あの瓦礫さえなくなれば、まだ戻らないにしても周辺を確かめることくらいはできる。

それで安心するか、不安がもっと増すことになるかは、撤去をすませてからの問題だけど。

「できることなら帰りたいさ。しかし、だからといってフィヴが無茶をするのは見過ごせないぞ？」

「ええ、無理も無茶もしないわ。私にできることをしたいだけ。それにね……ここは面白い場なの。レイは気づかなかったのね？」

そう言いながら、フィヴは煌くオッドアイでキッチンカーの中をぐるっと見回した。

「面白い場？」

視線の最後は俺に止まる。が、当然ながら見当もつかないから首を傾げた。

「窓が異世界へ繋がるって時点で、面白い場だぞ」

「あのね、世界が違うからできないと思ってたら、この中だけは――ほらっ！」

フィヴはパーカーを脱いで俺に渡し、おもむろにしゃがみ込むと床に両手をついて、綺麗な顔をしかめて全身に力を篭めはじめた。

「はぁ⁉」

「‼」

Tシャツの半袖から伸びる小麦色に焼けた細い両腕が、ゆるゆると太さを増してしなやかな筋肉質の腕に変わり、同時に鋭い爪と体毛が伸び始めた。

レイモンドが思わずといった感じで車内から数歩外へと後退し、ぽかんと口を開けてその不思議現象を凝視した。俺はといえば、奇声を上げたあとは息を詰めて謎を見守った。

銀色に鈍い輝きを見せる獣毛で覆われた腕は、一・五倍ほどの太さになったところで変化が止まった。アンバランスなフィヴの姿に笑うよりも驚きの感情が強く、にこにこと無邪気に破顔してみせる彼女の正体が本当に文字通り『獣種』だったんだと理解した。

「朝起きた時に試してみたんだけど、全然できなかったの。この世界じゃ無理なのかなと思ったんだけど、トールが仕事をしている最中に少し試してみたら成功したのよ」

ごくりと唾を飲み込んで、フロントガラスから射す日差しに煌く細い銀線に顔を近づけた。密集して一方へと撫でられた被毛は、フィヴが動く度にわさりと蠢《うごめ》く。

縫《ぬ》いぐるみでも着ぐるみでもない、マジで本物の猫科の被毛だ。

撫でてみてぇ！　ってな欲求がぐわっと溢れたが、さすがに女の子に触りたいなんて言えない。下手すりゃ、まごうことなきセクハラになるしな。

「で……どっちが本当の姿なんだ？」

「ん～。どちらも私なんだけど、日常はこちらの姿で過ごしてるわ。獣化はいわば戦闘形態なのよ。姿を変えるのに時間が必要だから……」

そう言って、するり変化した腕を元に戻した。一瞬前まで被毛に覆われていた腕が、また小麦色のつるっとした肌に変わる。

と、同時にフィヴの眼が、ふと陰った。

ああ、だから竜種の奇襲に対抗できなかったわけか。戦闘準備の時間さえあれば、あんな無残なことにならずにすんだのかもしれないんだな。

「フィヴの仲間は全員がその、獣化ができるのか？」

おずおずと戻ってきたレイモンドは、フィヴの腕に視線を落としてほっとしたような表情で尋ねた。

「完全獣化は純血種だけ。他の一族が混じってしまうと半獣化しかできないの」

これは、リアル狼男……じゃない、豹女か。完全な豹に変わるわけじゃなく、まさに獣人化するんだな。

「だから、レイも何かできるんじゃないかと思っていたのだけど？」

「あ、そっか！　レイの世界は魔法があるんだっけか？」

俺はレイの特技に思い至り、ぽんと手を打ち鳴らした。

＊　最終兵器・女豹！

レイモンドの魔法を見れるかと、俺とフィヴは期待に目を輝かせて彼を注目したが、残念なことにお預けになった。

「午後からの営業はどうするんだ？」

レイモンドが腕組みをして告げたその一言で、俺の頭は一気に冷えた。時計を見れば、もうすぐ出発しなけりゃならない時間だ。

うぎゃー！　飯食ってねぇ！　と叫びながら慌てて午後の準備を開始した俺とフィヴの前に、レイモンドが家から何やら手にして戻ってきた。手渡されたスーパーの袋の中を覗くと、なんとパックに入れたデカい卵焼きが鎮座していた。

「これ……」

「トールのお祖母様の手記を見て作ってみた。味見をしてみてくれ」

心なしか自慢げに胸を張るレイモンドを呆然と眺め、感嘆と悔しさを一度に味わった。

うぐーっ負けれてられん！　俺はプロだぞ！　精進あるのみ！

「おう！　ありがとな。じゃ、行ってきます」

袋をフィヴに渡して運転席に乗り込むと、見送りのレイモンドに笑顔で手を振って午後の営業拠点へと出発した。


開店準備をしながらフィヴの様子を窺うと、やはり窓の外が気になるらしくレイモンドの差し入れを口に運びながらも目だけは窓へと向けられている。

ところで、レイモンド作の卵焼きだが、悔しいくらい美味い。

出汁の旨味とまろやかな卵の風味が上手に噛みあい、そこにほんのり甘味が加わって口当たりが抜群だ。色も焦げがなくて艶々な黄色で、じっくり時間をかけて焼き上げたんだろう。

ばーちゃんのレシピを忠実に守ったからだろうが、あれは家庭料理のレシピだから調味料なんて目分量を『大体これくらい』ってなアバウト記載なのに、懐かしいばーちゃんの味がした。本当は、卵焼きじゃなく出汁巻きなんだが。

しかし、いきなりレイモンドはどうしたんだ？　まぁ、料理本やばーちゃんレシピをメモってたから、知識収集してるのはわかってたけど、自分で料理するとは思わなかった。

「はい、オムナポふたつにレタス巻き五つ、お待たせしました〜」

幼稚園児と手を繋いだお母さんに、袋を渡してお代をいただく。可愛い娘さんが、俺に手を振りながら帰っていった。

「フィヴ、いいぞ。まずは細く開けて確認な」

俺の声を合図にパーカー姿のフィヴが身を屈めて窓へ寄っていくと、カウンターに上体を伏せて、恐る恐る窓を引く。力の加減で開きすぎるのを恐れてか、僅かに開いた隙間に指を突っ込んで調節しているのに笑った。

「誰もいない……何もない」

隙間に片目をくっつけて覗くフィヴの呟きは、抑揚を欠いた力ない声だった。

『何もない』ってのは、討ち捨てられていた仲間の遺体のことだろう。敵に攫われたか、あるいは獣に……。

また少しだけ窓を開き、今度は鼻先を突き出した。この窓は、こっちの匂いは漏らすけど、向こうの匂いは遮断している。だから、窓より先に鼻を突き出さないと匂いは嗅げない。

「竜種の匂いはしない。あぁ……誰の匂いも……」

そこまで言って声を詰まらせたフィヴは、そっと顔を引っ込めると俯いたままじっと何かを堪えていた。

俺はあえて営業窓から外を眺めて気づかない振りを決め、フィヴやレイモンドの世界へと思いを馳せた。

突如として、人里に降りてくるなり暴れ出したドラゴン。理由も告げずに一方的に宣戦布告した竜種の王。そんなふたつの異世界と繋がったキッチンカー。

そして、俺たちは出会った。

言葉通りの窓越し外交だけで個人的な繋がり以外は何も望まなかったのに、気づけば彼らを助け匿っている。

繋がっていなかったはずのドアから。何度試しても、指先ひとつこっちに侵入を許さなかったはずの窓から。

俺が心の底から助けたいと願ったからなのかとも思ったが、ここにきてどーも神様の計画の一端だったような流れが見えはじめた。

あの夢のパズルを当て嵌めて、何となくだが浮かんできたのは神様から俺たちに送られた指示なんじゃないかと。

『月夜の晩にキッチンカーの両窓を開けて、ふたつの世界を繋げろ。そのためには、窓を塞ぐ瓦礫を撤去しろ』

って感じか。

それで何が起こるか予想もつかないが、それをしないと大変なこと——誰かが狂って世界が終わる——とあの子供たちは言っていた。

ふたつの異世界が終わる原因は、竜種やドラゴンたちの暴虐のせいか？　でもそれを引き起こした根本は別の誰かだ。

いったい、なんだってんだろうな。

「とにかく、明日だな……」

肩を落として窓を閉めたフィヴをぼんやりと眺めながら、俺は無意識に呟いていた。

定休日にキッチンカーを拠点に駐車させることは何度かあった。賃貸契約は期間と時間設定で結ばれているから、その間なら定休日でも気兼ねなく駐車できる。

が、営業に来たと思われてしまうのは困るんで、できるだけキッチンカーをビルの外壁に近づけて停め、営業側の窓とフロントガラスには閉店のプレートをかけて、窓全体を吸盤付きのバイザーで覆う。

そこまで作業をし終えて、店舗の隅で小さくなっていたフィヴが立ち上がった。

じつは、俺は密かに道路交通違反を犯していた。だって、このキッチンカーは乗員数が二人なんだが、今日は三人。身を隠したまま車の揺れに対処できるのはフィヴだったため、彼女は小さく体を丸めて店舗の隅に納まっていたのだ。

「どっか打ったりしてないか？」

「ええ、大丈夫！　外を見れなかったのが惜しいだけ～」

「よし！　今日はフィヴに活躍してもらうんだ。でも、無理無茶するんじゃねぇぞ！」

「はーい」

「フトンはここに置いておくぞ。それと……」

計画に従って用意してきた道具を設置する。少し草臥《くたび》れていた敷布団を持ち込み、厚めの長い足場用板を、両方の窓のカウンターに渡した。二歩あるかないかの助走距離だが、フィヴはどうにかすると断言した。

計画なんて言ってるが、やることは単純明解だ。

獣化したフィヴが、助走を付けて両足で瓦礫にキックを喰らわせる。ただ、それだけ。

その際、窓枠の上に爪を立てて掴まる予定だが、その部分にグリップになるような物は設置されていない。頼みはフィヴの長い爪と握力、そしてわずかに飛び出している窓枠の段差だけだ。勢いに負けて指や爪が離れてしまった場合に背中から下に落ちることも考えて、俺とレイモンドは板の上にすぐさま布団を滑り込ませ、窓から飛び出しかけるだろうフィヴを捕まえる役目を仰せつかった。

あっちへ落ちたら、戻ってこれるかわからないんだ。レイモンドなら仕方ないねですむが、フィヴが落ちたら一大事だ。

それでも頑張ってくれるフィヴを支えるために、俺とレイモンドは真剣に準備を進めた。

板の下に機材固定用のラバーシートを何枚も敷いて高さ調整と滑り止めをし、何度もフィヴに上がってもらって確かめる。

「準備完了だ。フィヴ、用意をしてくれ」

フィヴに声をかけて、獣化を始めてもらう。その間に窓の先の確認をする。いつも通りに細目に開けて、覗き見で確認。人の気配や物音を顔を出して探る。

「よし、誰もいない。妙な音もなしだ」

不気味だった。

数えきれないほどのドラゴンが飛びかい、たえず轟音が響きわたっていたのに、現在は物音ひとつしない。人の気配すらも……。

レイモンドは瓦礫を軽く叩き、二枚のガラスを両側にスライドさせて間口を一杯に開いた。すぐに、俺は足場板を挟んでレイモンドの向かいに立ち、準備が整ったことを目で確認しあった。

振り向くと、獣化をおえたフィヴが反対の窓の板の上に立っていた。

そこには、まったく知らない生き物がいた。

俺のタンクトップと短パンを履いているが、それが奇妙なくらい似合わない美しい獣がいる。

全身が銀毛に包まれた、女の子の姿形から遠い筋肉質なシルエットだ。俺より小さな手が拳を作るたびに、カーブした鋭い爪が出たり引っ込んだりしている。あの綺麗な長い髪と美貌はそのままなのに、額や頬まで被毛で覆われてまるでたてがみのようだ。

そして、なんといっても瞳だ。オッドアイがまさに猫の目のように縦長になっていて、薄暗い車内でギラギラと輝いていた。

「じゃ、行くわよ！」

窓と窓の間を渡す板の上で、銀色のしなやかな躰が声と同時に前方へと傾いた。

二歩の助走で板を蹴り、窓枠の上部へと腕が伸ばされ、俺の頭上で固い物が擦れる嫌な音がした。

その瞬間、フィヴの脚と長い尻尾が目の前を横切った。

レイモンドが抱えていた布団を板の上に滑り込ませ、窓枠から外れかけたフィヴの片腕を俺は必死に掴む。

強靭な爪を窓枠に突き立てるつもりだったが、やはりグリップが効かなかったらしい。

やっぱり無理だったか！　と頭の隅を諦めが横切ったが、瓦礫撤去の成功よりも優先すべきはフィヴの身だ。

なによりも、三人が無事だってことがいちばん重要。

だから、その瞬間をゴキッとかガツッっつー音がしたくらいしか覚えていない。俺はフィヴの動きに注視していて、結果がどうなったかに目を向けていなかった。

気づけば、キックの反動で押し戻されたフィヴが布団の上であおむけに倒れ、左右から俺とレイモンドが片手ずつ掴んでいた。

「どう？　手応えあったのだけど！」

その問いかけにはっとして、窓の向こうに視線を投げた。

「凄いな……きれいに倒れているぞ」

レイモンドが窓の外へ顔を突き出し、感嘆混じりの興奮した声で結果を告げる。

確かに、さっきまで窓を塞いでいたデカい石の塊が、向こう側にぱたりと倒れているのが見てとれる。隙間から漏れる明かりだけで薄暗かった視界が、さんさんと降りそそぐ陽光が眩しいくらいだ。

どうも砂利状になった瓦礫の山に城壁の分厚い石が落下して突き刺さり、窓の前で立ちはだかっていたようだ。それを、レイモンドが何度か入れた蹴りが地味に砂利の山を崩し、フィヴの全力キックが最後の一撃になったらしい。

そして、あれほどフィヴが自信満々だったのは、瓦礫の上体を確認したわずかな時間で、できると確信を持ったからだ。

女子力……じゃない、獣種すげえ！

「フィヴ、どっか痛いところはないか？」

「ええ。大丈夫よ」

フィヴはすでに板から降りて、俺たちが思わず掴んだ腕や蹴りを入れた足や膝を中心に、捻ってみたり回してみたりして体の調子を確かめていた。

返ってきた軽快な応えに、俺は胸を押さえてほっと安堵の溜息をつきながら、フィヴに向けた視線を反射的に逸らした。

「そっか。それならよかった。じゃ、すぐに服を着てくれっ」

収まりかけた鼓動が、またもや急ピッチに騒ぎ出す。

板から降りると同時に獣化を解いたフィヴは、俺のタンクトップと短パンを身につけているだけの薄着でぴちぴち肌を剥き出しにしている。

だぶついてるはずの腕回りは、ぐっと盛り上がった二つの丘に引っ張られて脇が見え、大きく開いた襟ぐりは真っ白な深い谷間が曝け出されていた。

あのまま不用意に前かがみになったりしたら、俺たちが前かがみにならなきゃならん！　いくら妹みたいだと思っていても、生肌の刺激は強烈すぎるってもんだ。

ううっ。チラリが予感される光景に、目と心が惹かれそうになるは仕方ねぇだろ！

俺だって男なんだから！

「目が喜んでいるぞ？」

「お前もな！」

男の本能と必死に戦って顔を背けているっつーのに、レイモンドが目を細めてニヤニヤしながら余計な戯言を投げてくる。

自分が無防備な格好をしていたことに今更気づいたフィヴは、一気に赤面すると助手席スペースに飛び込んで服を着始めた。

「男ってっ!!　もーっ！」

脂下《やにさ》がりながら小突き合っていた俺たちに、上ずった批難の声が投げられた。

それがなんだか可愛くて、笑ってしまう。

そして、俺もレイモンドも改めて思うのだ。

「フィヴ、心から感謝する。ありがとう」

「レイもだけど俺もこれで安心できた。ありがとな」

目元を薄っすらと染めたフィヴは、着込んだTシャツの裾を引っ張りながら、照れくさそうに目を伏せて頷いた。


早々に瓦礫撤去のために使った物を片付け、落ち着いたところで持ち込んでいた昼飯をカウンターに並べた。

レイモンドの出汁巻きに負けじと作った厚焼き玉子とチキンのトマト煮。それにポテサラ、小鯵の南蛮漬け、握り飯各種だ。

それらを食べながら、三者三様の格好で窓の向こうを眺める。

城壁は土台を残したのみで瓦礫の連なりとなり、左手に広がっていた森林はいまや一面の焼け野原になっていた。

炎は消えたが幾筋もの細い煙があちこちから立ち上り、すこしだけ残った樹木すら茂っていた葉は燃え尽きて、焦げた幹を晒して立っている。

その向こうに、俺が一度も目にすることがなかった光景があった。

何事も起きなかったらきっと歴史ある街並みがあり、もっと奥には人々の喧騒や賑わいが聞こえる城下町が続いていたんだろう。

だが、今はすべてが黒く焼けて崩れ落ち、廃墟のように成り果てていた。

「あれが……ドラゴン？」

外へ伸びあがって空を見ていたフィヴが、ふいに指さす。

見上げると、ふたつの小さな黒い影が悠々と弧を描きながら上空を舞っていた。

「ああ、あれだ……。奴らはまだこの辺りにいるのか？」

厳しい顔のレイモンドがフィヴと一緒に窓から身を乗り出し、青空を睨んだ。窓枠を掴んだ手が、白くなるほど力が込められていた。

今すぐにでも窓から飛び出したい気持ちが、拳と表情から伝わってくる。俺だってすぐに『行ってこい！』と肩を叩いて行かせたかった。

でも、試さなくてはならないことがある。

ただの夢かも知れない。でも、真実だったら彼らの世界がもっと酷いことになるんだ。

「畜生！　どうしてこんなことに！」

「レイ……」

世界が違っても、圧倒的な力を持つ相手に蹂躙《じゅうりん》された光景はフィヴも見てきたからだろう。痛みを知る彼女の手が、レイモンドの強張る肩を労わるように優しく撫でた。

「神様かなんか知らないが、事が終わったら盛大に文句言ってやるからな！」

今夜は新月じゃないから月が出る。満月とも半月とも指定してなかったんだから、ちゃっちゃと終わらせてやる！

きっちり応えろよ！　得体の知れない連中！

そして、すべてが終わったら、罵倒に次ぐ罵倒で責め立ててやっから覚悟しとけよ！

＊　月夜の晩には

俺は、美味しいと言ってもらえる総菜と弁当を売る、どこにでもいるごく普通の料理人だ。

さっぱり理解できない奇跡に巻き込まれるような特殊な力を持ってたりする人間じゃないし、神に選ばれた特別な地球人なんてことも断じてない。

しかし、起こったことは事実で。

「ほえ〜〜」

レイモンドの人差し指の先から小さな炎が立ち上がっていて、それを俺とフィヴが歓声を上げて見つめている。

フィヴの言うとおり、キッチンカーの中でなら彼らの身についた能力が問題なく発揮されるのがわかり、レイモンドがいちばん簡単だという魔法を見せてくれている。

ただ、剣を得意として軍兵になっただけに、魔法は不得手だからと謙虚な断りを入れてきたが、何もない所から火や水を出すなんて、俺やフィヴには凄い能力としか思えなかった。

「凄いわねぇ……何もないのに燃えてるなんて」

「私からみたら、フィヴの獣化のほうが凄いと思うぞ?」

「えー?　そうかなー?　私は魔法を使えるほうがいいわ」

俺を挟んで異世界の不思議を見せ合い、自分の世界にないものに憧れる。すげーよくわかる!

俺も魔法は使ってみたい。

キッチンカーの中が、レイモンドの魔法の炎でぼんやりと明るい。秋や冬なら温かそうな炎を見ながらってのは雰囲気がでるんだが、今は夏真っ盛りだ。締め切ったキッチンカーの中は蒸し暑く、窓を開けることができないでいる俺たちは、募る苛立ちを魔法披露でごまかしている最中だった。

第一拠点から帰宅した俺たちは、来たるべき『大ごと』に備えて、すぐに準備に取り掛かった。

何が起こるか予測不可能なだけに、俺の大切な財産をすこしでも危険から遠ざけるために、まずは車内からの備品撤去だ。

こっちの世界に来て日も浅いというのに、ふたりは黙々と俺の指示に従って動いてくれた。

空には半月がくっきりと浮かび、もうすぐ日付が変わる。

備えつけの設備だけを残してがらんとした寂しい車内で、懐中電灯とレイモンドの魔法の灯りを頼りに三人車座になってその時を待っている。

「あのね……明日ね、レイが帰ったあとで、私も戻るわ」

静かな薄闇の中、暖かな炎を見つめながらフィヴがぽつりと告げた。

「おう……」

俺は何も考えず、自然の流れで同意する。

「昨日の夜……トールたちみたいな夢じゃなかったけれど、代わりに亡くなった母さんの夢を見たの。父さんと兄さんが、私を必死に探してるって」

「あー、そりゃ絶対に事実だな」

「だといいんだけど……」

かちっ　かちん　からん

ガンガンッ！　ドンドンッ！

しんみりしていると、いきなり妙な音がした。

最初は、小石が窓ガラスにぶつけられるような密かな音が何度か繰り返し、次は子供が力一杯手のひらで叩くような騒音だ。

身構えて待機していた俺たちは、素早く音がするほうに視線を走らせた。

両窓に何か光る小さな粒――蛍くらいの大きさの――が、ぶつかっては離れてを繰り返している。

まさに真夏の甲虫の大群が、明かりを目指してぶつかってきているようだ。

「レイ！　フィヴ！」

俺の叫びを合図に、彼らは自分たちの世界へ繋がる窓へ飛びつき、両手を窓枠に添えていっせいに開け放った。


一瞬の静寂の後、車体が突然ぐらりと横に傾いだ。

運転席側の前後のタイヤを支点に絶妙なバランスを取って束の間停止し、このまま横倒しになるのかと恐怖に震えあがったあたりで元の位置に戻った。

俺たちは悲鳴を上げながら据えつけの機材にしがみつき、眼を閉じて次の大揺れに備えた。が、戻りの余波で何度かバウンドしたきり揺れは止まり、何事もなかったかのように騒音すらも消えていた。

しんと静まり返った周囲に、俺たちは恐るおそる目を開けて窓を見上げた。

やがて、子供たちの嬉しそうな笑い声や騒めきが、遠くから段々とこちらへ近づいてくるのに気づく。全身を硬直させたままで耳を澄ませ、なんとなく聞き覚えのある明るい声に眉間を寄せた。

子供の声？　夢の中で聴いた？

開け放たれた両方の窓から、さっきの蛍火よりもずいぶんと大きめの光輝く球体がいくつも重なりあって、俺たちがへたり込んでいるキッチンカーの中へと流れ込んできた。

眼に映る光の連なりに急激に恐怖は薄れ、豪華なイルミネーションを眺めているような楽しい心持に変わっていく。

頭の中を、夏なのにクリスマス・ソングが流れだす。とめようとしても、子供たちの歓声があまりにも嬉しそうで……。


——騒ぐな、ガキども！　ほれ！　はしゃぎすぎだ！　道を外れるでないぞ！——


たくさんの子供の甲高い声が響く中、どこからともなくジィ様の叱咤が混じる。

その声に導かれてか、煩く騒がしいと感じるほどの子供たちのはしゃぎ声や歓声がどわーっと押し寄せてくると、頭上を眩しいほどの光の激流がすれ違い、対面した窓の向こうへと物凄いスピードで通り過ぎていく。

俺たちは光の渦に溺れまいとするように息を詰め、ただ呆然と見ているだけだった。

「あれは……なん、だ？」

喉の奥が張りついて声が出し辛かったが、でも何か言わずにいられない。

光の集団は煌く尾を引いて、ゆっくりと窓から遠ざかって消えていった。

「おい！　ジィ様！　あれはなんだ⁉」

これで終わり。なんてことは許さん。

湧き上がる腹立たしさから、姿が見えないジィ様に対して説明を求めた。
俺の問いかけが伝わっているか否かなんて考えなかった。
「ちゃんと説明してくれ！」

——すまんかったのぉ——

「詫びはあとでいいから、説明よろしく！」

——あれはのぉ。本来行くはずではない世界へ落とされた竜とドラゴンの子供等じゃ。種がまるで違うからのぉ、母親の胎内に入るに入れず迷っておった——

「違う世界……？」
レイモンドがごくりと息を飲んで、キッチンカー内に響く疲れ切った口調のジィ様に尋ねた。

——お前さんらの世界を司る主神がの、子の魂を授ける時に、繋げる世界を違えてしもうたのじゃ。落とされた魂は、もう主神の手ではどうにもできんかった。肚に卵を抱えておった母親たちは、中が空虚とすぐに気づいた。その大勢の母親たちの嘆きを聞き届け、両方の世界の竜神が荒れおった。神が荒れれば、その気は種に反映してしまう。どちらの竜も子を攫われたと疑心に囚われてしもうた――

やっぱり神の不手際かよ。
でも、なんで俺が橋渡しすることに？
「じゃあ、なんで俺が必要だったんだ？」

――ああ、それはのぉ……儂がこの車の付喪神《つくもがみ》じゃったからじゃ。主神から見てこの世界は神が多すぎるらしくてのぉ、力を貸せと頼んだはいいが、巡り巡って儂の所まで話が来おった。聞けばガキどもがかわいそうでなぁ。まぁ、溜めておった力もあったしのぉ――

「つまりお役所仕事並みに回されて、末端のジィ様が情に釣られて一肌脱いだってことか？」
聞いていてジィ様の人（神だけどな）の良さが自分に重なってしまい、ふと笑いが零れた。

――そうだのぉ。後はお前さんがどう動くかじゃったが、さすがに儂の新たな主だ。期待に応えてくれた。どちらの世界も互いに直接干渉できんかったから、一旦は別の世界を経由せねばならんかったんじゃ。儂ほどの力で叶う小さな空間が必要でのぉ。事は成した。これで竜神も落ち着き、世界に安寧が戻ることじゃろう――

「もう、戦争は終わるのね？」

――おお。すべての争いは終わり、あまねく落ち着くことじゃろう――


フィヴの弱々しい問いに、ジィ様が力強く応えた。

闇の中に細く長い吐息が零れ落ちた。

安堵なのか落胆なのか。

しかし、『事は成した』か。

でも、実際に争いは起こり、その傷跡は生々しく残っている。何もなかったことになんて、できるはずない。

肉親や親しい人たちを失った者は、誰を恨めばいいんだ？　失われた命は？　誰がその責任を取る？

神が荒ぶったから竜種が狂いかけ、それで戦いを起こした。戦争の後始末や責任は？　ドラゴンの被害の責任は？

手を出せない主神ってヤツが、直接的な責任を取れるわけないんだよな？

本当に理不尽な理由だったよっ。

「神様って、ホント勝手だよなっ」

それが俺の本音だった。

＊ それぞれの帰還 1

チキン南蛮。

酢を使う甘辛しょっぱい味が衣に沁みて、生野菜の千切りと一緒に食うと食欲増進する。そこにタルタルソースをかけて食うことで尖った辛みと酢がまろやかになり、鳥のジューシーな肉汁も相まってスタミナ食になる。

「この粉は……芋の粉⁉」

レイモンドは、この世界に来た時の衣装に着替え（あまりに不慣な部分はあて布してミシン縫いしてやった）、キッチンカーの中で最後のメモ整理をしていた。

チキン南蛮は本日のイチオシだ。朝食にも出したがな。

書き始めは多種多様な物に関する覚え書きや図だったのに、今じゃほとんど料理レシピになっている。

なぜかと尋ねたら。

「あちらへ戻って、皆のためにすぐに作ってあげられる物は、鉄の道具ではなく料理だ。私が作って見せて、食べさせれば美味いことがわかる。作り方さえ教えれば、誰にでも作って食うことができる。鉄の道具は、その後でいい」

と、爽やかなイケメン顔で重々しく答えた。

なるほどな、と納得する。

城の側でもあの状況だ。レイモンドが帰る場所は、もっと酷い有様だろう。

それに、ジィ様の言っていたことが事実かどうかはまだ実証されていない。本当にドラゴンの襲撃が終わっていればいいが、まだ続いているとなると道具やら何やらの開発よりも食って生き残ることが最優先だ。


昨夜は、あのあと俺だけがキッチンカーの中に残ってジィ様との対話を続けた。

異世界に関する情報は、翌日まとめて話すからと伝えて、とにかく明日は帰るというふたりにすこしでも体を休めたり準備をしてもらいたかった。

まぁ結局は、両人共に明け方までメモ書きに没頭していたみたいだったが。

ジィ様との話は、俺が密かに気になっていたことに関しての質問だ。

まずは、ふたりを異世界からこちらへ入れてしまったことで、こちらの世界になにか拙い影響はなかったたか。

例えば、病原菌などの未発見の菌とか…。

料理を扱い不特定多数の人たちと接する俺が、一番気にしている問題だ。

それに対しての答えは、心配ないとのことだ。

このキッチンカーの空間は、ジィ様の力が発現している限り異世界からの害になる物質やこの世界に存在しない物の侵入は完璧に除去できているとのことだった。小物ながら神であるジィ様そのもののキッチンカーの中は言わば小さな神域とかで、そこに守護する者（俺ね）を害する輩は入れん！　と。

次に、異世界の硬貨とこっちの硬貨のことだ。

少量とは言え、異世界の硬貨をその世界から消失させ、こちらの硬貨もどこから調達されたのか判らんでは不安だ。偽硬貨ではないのか？　と訊いた。

異世界の硬貨に関しては、じつは消え去ったんじゃなくジィ様が隠していた。で、それらはレイモンドたちがあちらへ帰る時に『バイト代』として還元するつもりだと。

はぁ⁉　店主の俺に黙ってバイト代を払うってなに⁉　と憤ったら、今回の騒ぎに巻き込んだお詫び金と仕事料のことだと返された。それなら俺が文句を言う筋合いじゃないなと了承した。で、問題のこっちの硬貨だが……。

そのことを言及すると、いきなりジィ様の口が重くなった。

どうもね、偽じゃないが偽みたいな――つまり、本物と寸分違わない硬貨を複製して造ったと。

ごめん。日本政府さま。

最後に、ジィ様の溜めていた力を使ったと言っていたが、ジィ様自体は大丈夫なのかだ。

力が尽きた途端に、このキッチンカーがぶっ壊れましたじゃ話にならん！　改造費の支払いが残っているからな。

ジィ様は、ふうーと溜息をつくと、今回のような大きなことはできないが、今までと同じなら長く付き合えると確約してくれた。

「なぁ、今までと同じって……」

——今までとじゃ。なんぞ問題でもあるのか？——

「つまり、ずっと窓は異世界に繋がると？」

眉間を揉みながら目を閉じて問うと、ジィ様が苦笑った気配がした。

——そうじゃのぉ……。もう事は成したから切ってもいいんじゃが、お前さんが望んでおらんからのぉ——

「え？　俺の気持ちの問題なん？」

——心残りを胸に別れるのはな、互いの縁を繋げたままの別れにしかならん。心残りをすっぱりと断ち切るか、儂が無理にでも切ってやるか、どちらかじゃのぉ——

ああっ、と奇声を上げて頭を抱えた。

だって、そう聞いて『じゃ、切ります』と言えるほど、俺たちは浅い縁じゃないつもりだ。だからといって、ただの弁当屋の店主と客に戻るとなると、また金銭問題が出てくる。見分けがつかないからって、造幣局出身じゃない硬貨を流通させたくねぇ！　でも、ただで弁当を売るつもりもねえしなぁ。

はぁ～、友人として縁を繋いでいるのがいちばんなのかもなあ。

美味そうにチキン（南蛮なし）のタルタルがけを食うフィヴを見て、それからレイモンドを見やった。

俺の視線に気づいたフィヴが、不思議そうに首を傾げた。

「なに？」

子持ちシシャモを頭からバリバリ食うケモ耳美人さん。口の端に魚卵の粒がついてますよー。と思いながら、指で唇の端を指さして教えると、自分の口を一生懸命指先で触って魚卵を確保する。

ちょっと行儀は悪いが、微笑ましいねぇ。

今日は、最初の拠点にはレイモンドだけを連れて出発する。

フィヴは一緒に行きたがったが、俺は断固として断った。ここにいる以上は、ここの世界のルールに従って欲しいと。昨日は、それしか方法がなかったから法定破りしたんだと。

レイモンドがフィヴの肩を軽い仕草で叩いて宥め、それからふたりは互いの健闘を祈るように抱き合い、背中を叩き合った。

彼らには、次の人生《シーン》の始《スタート》まりだ。

＊　それぞれの帰還　2

キッチンカーで営業拠点へ向かう。

午前の営業はビル街の一角。大きな企業ビルの来客用駐車場脇の、微妙に空いてるビル脇のスペースを借りて、そこでキッチンカーを開店させている。

昨日までの騒ぎで仕入れや買い出しができなくて、レイモンドを乗せたまま業者をいくつか回った。その間、彼は長身の身を縮めて店舗の隅に隠れ、やはり熱心にメモ書きしていた。

用紙の上を走るボールペンの擦れる音と、合間に入るノックする音。レイモンドがメモ書きの作業中である合図だ。

キッチンカーに乗り込んで、彼が放った第一声が、『このペンが持ち帰れないなんて……』だった。

さっきはフィヴと熱い友情の抱擁《ハグ》をかましていたのに、キッチンカーに乗り込んで両腕を振るフィヴの姿が見えなくなった途端、彼は悔しげに呟いたのだ。

脳内で、コントのように思わず引っくり返る自分の姿を空想する。ハンドルを握ってなかったら、マジでずっこけてみせたはず。

カチカチとノックしまくりながら涙目でボールペンとの別れを惜しんでいる彼を横目に、俺は『フィヴとの別れより辛そうって、レイの感性が理解できねぇ』と内心で呆れた。

メモ用紙は小さくシンプルな糸綴じノートを渡していたから、窓を通っても紙の材質が劣化するくらいですむだろう。でもボールペンはなぁ……。

プラスチックの部分が木製に変化しても詰替え芯《リフィル》あたりがなぁ。鉄はあるからバネはＯＫか？　鉛筆をプレゼントしたほうがいいかとも思ったが、書くことよりノックしてペン先が飛び出す機能が気に入っている様子だしなぁ。

なんて呑気に考察していたが、そこで付喪神のジィ様が言っていたことを思い出した。

「レイ、昨夜ジィ様と話したんだけどな、ジィ様から報酬が出るんだってよ」

「私に報酬？　何の報酬なんだ？」

「今回の、神様の尻拭いを手伝ってくれた報酬だってさ。それと、騒ぎに巻き込んだお詫びも兼ねてだそうだ」

「異世界の神から報酬が……」

「あっ、変な期待はするなよ。報酬の一部は、今までレイが弁当を購入した時に俺に渡したそっちの硬貨で支払われるそうだ。あとは、教えてもらえなかった」

「向こうに戻った時の楽しみにしておこう」

手元のボールペンノックが止まり、彼の思考がそっちから報酬に移ったらしいと知って、その現金さに笑った。

たわいもない雑談を交わしている内にキッチンカーは拠点に到着し、俺はいつものように開店準備を始めるために立ち上がった。身体がルーチンワークを開始する。

レイモンドはというと、忘れ物がないか着込んだ服と持ち物を確認している。

そして、最後に手にしていた手帳を大切そうに上着の隠しにしまうと、ボールペンを何度かノックして名残惜しげにカウンター脇に設置されたペン立てに放り込んだ。

カランと音を立ててペン立てに納まったボールペンを、レイモンドは長い間見下ろし佇んでいた。

俺は、その姿から目を逸らして、かまうことなく営業準備を進めた。

でだ、五分ほどで店舗内に戻ったんだが、まだボールペンを前に黄昏ていらっしゃいました。笑える話としてフィヴに聞かせたいが、きっと彼女はいじけるだろうな。俺がフィヴの立場だったとしても凹む！

ボールペンに負けた己の存在に!!

「レイ、どうする？　営業後に帰るか？　今……帰る？」

営業開始まで、まだ十分ほどの時間がある。窓を開けてミニカウンターを設置してあるが、そこに出してあるプレートは準備中だ。

「もう帰ろうと思う。時間を過ごせば過ごすほど……別れ辛くなる」

やっと顔を俺に向けたレイモンドは、すこしだけ寂しそうに苦笑した。

俺はいいんだ。

もう十分に彼らとの思い出作りはできたし、ジィ様の話じゃ縁を切ろうとしないかぎり窓越しだけど会えるんだから。

それよりも、早く戻って家族や親しい人たちと無事の再会を果たして欲しい。レイモンドだって気にしてただろうが、向こうだって何倍も心配してるだろうさ。

「おう。家族が心配してるだろうから、早く無事な姿を見せてやれ。どうせ、俺とは窓越しで会えるんだから」

「大丈夫なのか？」

「うん。俺が縁を切りたいと思わないかぎり、ジィ様の力が尽きるまでは繋がってるって」

「そうか……」

彼は思いも寄らなかった知らせに瞠目し、それからじわじわと笑顔を浮かべた。

イケメンの笑顔のなんと眩しいことよ！

「俺だって、お前の世界がどうなったか報告が聞きたいよ。王都がどうなったか、ドラゴンはどうしたかをさ」

「ああ、確かにな。私にはそれをトールに報告する義務があるな」

「いや、義務とまでは言わなくていいけどさぁ」

相変わらずの真面目君ぶりに、俺は頭を掻きながら苦笑を返した。こっちの空気に触れて、すこしくらいは親しみやすくなったと思ったのになぁ。

「時間はかかると思うが、かならず報告に来る。待っていてくれ」

「おう！　総菜と弁当を売りながら待ってるさ。頑張ってな。異世界の相棒！」

俺はゆっくりと彼の世界へ繋がっている窓へと近づき、一気に開け放った。

たとえ誰かに目撃されてたって、魔法使いの店と言い逃れできる。

詳しい説明はレイモンドに任せるが。

「では――また来る！」

「……」

なんで感動の別れの、最後の最後に視線がボールペンに行くんだ！　この野郎！

俺のやるせなさなんか気にもせず、レイモンドは颯爽とは行かないちょい無様な中腰姿勢で窓枠を跨ぎ、彼の世界へと戻っていった。

身体がデカいと大変だな。おい。

とんと靴底を鳴らして倒れた瓦礫に足をつけ、周辺をぐるりと見回してから俺へとまた顔を戻した。

すでに微笑みの気配は消えていて、目にした光景に眦《まなじり》を険しく吊り上げて憤然とし、膨れ上がる緊張を抑えることなくカッコいい騎士の一礼すると、無言で踵を返して瓦礫の中を走り出した。

振り返りもせずに、広い背中が遠くなっていく。

今のレイモンドの心の中は、きっと先へ先へと逸る気持ちに突き動かされて、前へ足を踏み出すことだけで一杯のはずだ。

俺だって、彼に悲しみが訪れないことを願っている。

でも、現実は残酷だ。

願いや祈りが、不幸な現実のすべてを覆《くつがえ》してくれるわけじゃないのは、小さな子供だって知ってるだろう。

俺の世界よりも、ずっと神が身近な存在の世界だから。

＊　それぞれの帰還　3

午後からの営業のために家に戻ると、玄関引き戸をわずかに開けて顔を出したフィヴが、キッチンカーを停めるや否や走り込んできた。

ちょっとだけ目元が赤く染まっているのは、たぶん俺たちが出かけたあとで泣いたのか……。

「無事に帰れた？」

「おう！　飛んで帰っていったぞ」

「……良かった。何もないと思ってたけれど、何かあったら嫌だなって考えていたの」

レイモンドを家に残してフィヴとふたりだけで出かけたことなんか何度もあったのに、もうどこにもレイモンドがいないんだと思うと、なんとなく物足りないっていうか寂しく感じる。

ああ、もう肩を並べて飯を食ったり、腹を抱えて笑いあったり喋ったりはできないんだなぁ。

「なんだか……凄く寂しくなっちゃったね」

すでにフィヴは着替えをすませ、ちょっとだけきれいになったマントを腕に抱えてカウンターに寄りかかっている。

ぽつりと零した呟きは、わずかに伏せられたハシバミ色と青色の瞳に浮かんだ涙の粒と一緒に足元に落ちた。

「フィヴ……」

美少女の涙を見るのは、マジで辛い！　なんだんだ、この破壊力は！　なんか俺の目からも、胸の奥から湧き上がってきた愁《うれ》いが水滴になって零れそうになってるじゃん！

「レイがいる時は泣かなかったのにぃ。我慢できたのに……」

ぽつぽつと足元に落ちる雫が増え、それにアワアワするだけで慰める手段を思いつかない俺は、へにゃりと伏せた耳を避けて頭を撫でるしかなかった。

だってさ、上を向いてないと目から汁が……な？

ドンと胸にフィヴが飛び込んできたが、もう役得だ何だなんて考える気にもならず、ただ優しく抱きしめてやるだけで精一杯だった。

「もう、レイに会えないのよねぇ。一杯ありがとうを言いたかった……のに、胸がつ、詰まって言えなかった……」

涙声で訴えるフィヴの背中をぽんぽんとあやしながら、無言で頷いた。

「トールもありがとう。そして、ごめんねっ。怒ったり喚いたりしちゃ、しちゃって。私、きっと甘えてたの……ふたりが……あんまり良い人だったから……ウウッ」

我慢していた激情を抑えきれなくなったのか、子供みたいに声を上げて泣き出した彼女を俺は力一杯抱きしめてしばらく泣かせてやった。

「早く帰って父さんと兄さんを安心させてやれっ。きっと血相変えて可愛い娘と妹を探してるぞ？

そんで、一杯甘えてやれっ！　な？」

「でぼ、ぼうドールどあえだいーー！」

「大丈夫だ。昨夜のジィ様がまだ窓は繋がってるって言ってた」

「ほ……ほんど？」

「おう！　嘘は言わん」

涙でぐちゃぐちゃの顔に、俺の肩にかけていた汗臭いタオルを無造作に押しつけた。

きっと俺も涙目だっただろう。でも我慢したぞ。

だって笑って送り届けてやりたいからな。

「それでな、神様のジィ様が、今回の騒動に巻き込んだうえに手伝ってくれたからって報酬をくれるってさ」

「え……？　でも私は何もしてない……」

「いや、ここに居てくれただけでいいんだって。レイと違って、帰りたいと思えばすぐに帰れる立場だっただろう？」

「ええ……」

「三人で頑張ったんだ。貰える物は貰っとけ。何をくれるのかは聞いてないけどなっ」

ようやく落ち着いたフィヴから腕を解いて、照れ隠しもあって彼女の頭をもう一度無造作に撫でると、家に戻って昼休憩に入った。

最後の二人前の食事を用意して、まだキッチンカーから戻ってこないフィヴを呼んで昼食を開始した。

フィヴの好きな鯵《あじ》の一夜干し。

初めてここに来て、初めて食った魚がこれだった。匂いを嗅いで一口食って、目を丸くして『美味しい！』と叫んで丸かじりした。

ほんの数日前のことなのに、なんかずっと前にあったことみたいで。

しんみりした昼食を終らせ、昼からの営業の準備を開始した。フィヴが黙って手伝ってくれるのを、俺は何も言わずに好きにさせた。

「じゃ、出発するぞー！」

「はーい」

マントを羽織ってフードを被り、ちょこんと助手席に腰を下ろしてシートベルトをささっと装着。

それを確認して、俺はアクセルを踏んだ。


フィヴもレイモンド同様に、営業前にあっちへ戻ると告げた。

もうすこしと、甘えてしまいそうな自分に踏ん切りをつけたいからと。

だから、俺は彼女に助言した。ここで部分獣化してから行けと。

ドラゴンとは違って、軍という集団の先行部隊となれば情報伝達が遅れているかも知れない。まだ戦が終わっていないと思っている奴らが、近くに潜んでる可能性がある。だから、用心して臨戦態勢を整えて行けと。

「わかったわ。トール、本当にありがとう。父と兄に合流したら絶対に報告に来るから」

「おう。ゆっくり待ってる」

営業準備の前に窓を開け、俺は身を乗り出して耳を澄ませた。

茂っていた木立が不自然に折れたり下草が焦げたり、そこで何かがあった形跡はいまだに残っている。でも、嫌な臭いも音もしない。

「トール」

呼ばれて振り返ると、そこには腕と脚が銀毛に包まれたフィヴが立っていた。

アンバランスな姿だけど、俺の目にはやっぱり美しく映った。

彼女は俺と入れ替わると、目を見開いて鼻を蠢かせて窓の向こうの気配を探った。

「……今なら行けるわっ」

一言告げると、身軽な動作で窓から飛び降りた。

「頑張れよ。ほら、手伝い賃だ」

クッキーと干物を別々に入れた綿の袋を差し出し、空いた片手でもう一度頭を撫でた。

「トール……またね」

「おう！　またな！」

おいおい、また涙目になってんじゃねぇよっ。

「行って……きます！」

それだけ叫ぶと、フィヴは背を向けて街道に向かって走り出した。

砂利を蹴る足音と、草原を渡る風の音だけが俺の耳に残された。

＊　戻ってきた日常

気が抜けてる。

それが、いちばん現在の俺に合っている言葉だ。

レイモンドが戻り、フィヴが戻り、そして俺には日常が戻ってきた。

朝起きて、朝食が済んだら前半営業の用意。下拵えまで進めた材料と完成した料理の入った鍋を、キッチンカー内の各所へ積み込む。次に、備品の確認と仕入れ品の確認。家の戸締りをしたら出発だ。業者を回ってから第一拠点へ。

焦げ茶のビルが見えてきたら、幹線道を外れて裏の門から敷地に入って、ビル側面のデッドスペースになってる場所へとキッチンカーを滑り込ませる。

まずは、観音開きの後部ドアを全開にしてから発電機を引き出して、次々とコンセントを差し込んでいく。折り畳み式の看板を出して営業窓の近くに立てて、本日のお勧めとメニューを貼る。

それから店舗に戻り、営業窓を開けてミニカウンターを外側に引っかけ、棚から備品をカウンター上に並べる。

割りばしやプラのカラトリー。小分けタイプのケチャップやマヨネーズの入った籠《かご》。弁当用とデリ用のプラ容器を準備し、コンロに各種鍋をのせてスイッチオン。

小さな黒板に委託販売のメニューを手描き。それを窓ガラスの外へ貼りつけ、営業中のプレートを出す。

予約注文書を見ながら弁当容器を並べて、商品作りの開始だ。

ＢＧＭは地方ＦＭ。音量を抑えて、雰囲気作りと時計代わりに。

「いらっしゃいませー！」


洋菓子『楓』に入店して、ショーケースに商品出しをしていた野々宮さんに、ガラス越しに手を振る。最後のショートケーキをケースに入れた彼女は、きちんとトングやトレイを奥にしまいに行ってから戻ってきた。

そして、俺を見るなり、『ねぇ、なんかー気ぃ抜けてない？　暑気疲れ？』と片眉を上げて指摘する。

「ちょっとここ数日忙しかったからさ、それが終わったら気が抜けてがっくり……」

「おいおいー、車の運転や油を使ったりしてんだからさー、気ぃつけなよ？」

「そんなにあからさまか⁉」

思わず眉間を寄せて顔面を撫で、まったり口調とは裏腹にマジ顔の野々宮さんを見やった。

「う〜〜ん。ちょっとねぇ」

変に歯切れの悪い返事に首を傾げるが、結局それ以上の答えは返ってくることはなく、籠に詰められた商品やら伝票やらを渡されてうやむやのまま店を出た。

姐さん気質な野々宮さんが、なんともいえない表情で口ごもっていた。カレシの中井が相手なら、彼女もきっと遠慮なく口を開いただろう。

なんだかなー。気ぃ遣われるほど萎《しお》れて見えるんかなぁ。

駐車場にキッチンカーを停め、小さな溜息をついて裏口から家に入る。

ああ、すげー静かだな。

ばーちゃんご愛用だった柱時計のカチコチ以外、誰の声も物音も聴こえない部屋。

わいわいがやがやと友人たちと騒いだあとの、空っぽになった空間を眺めた時の寂しさかな。

こんな感覚をなんていったっけ？　たしか、空の巣症候群だったっけ？

ばーちゃんがいなくなって独り生活を始めて、でもバイトや学校があって友人がそばにいて。

ふっと気を抜いた瞬間、落とし穴に落ちたみたいに空虚な自分を発見する。

「なーんかなー、この数日がマジで濃すぎたんだよなぁ……」

命がけの日々を過ごしていた友人を救出し、ちょっと馬鹿をやりながらもドキドキハラハラな生活を続け、驚きの結末を迎えて友人たちを見送った。

これって、ちょっとした映画のあらすじみたいじゃね？

主人公は男女ふたりで、俺はそのふたりを影ながら助けるサブキャラ。主人公たちがあわや！

ってとこで『助けにきたぜー！』なんつーて颯爽と現れ救出して、『じゃ、またな！』と笑顔でさらっとフェードアウトするんだ。

「あー、俺ってそんな感じだ」

ＴＶをつけて画面に目をやっても、意識はどこかへ飛んでいる。

今頃その主人公たちは、頑張って走っているに違いない。


その夜、久しぶりに鳴った呼び鈴に急かされ、俺はソーメンを食っていた手を止めて立ち上がった。

玄関戸のガラスの向こうには、外灯に照らされて立つ中井と野々宮さんが立っていた。

「こんばんはー。夏バテ解消部隊から派遣されてきた野々宮と――ほらっ！」

「……中井でーす」

「いらっしゃーい。つか、いきなりどうした？」

勝手知ったるで遠慮なしに上がってきたふたりは、居間の卓袱台の脇に手土産の荷物をどっさり置く。いくつものスーパーの袋と包みがただの手土産じゃない雰囲気を漂わせているが、俺はあえてそれを無視した。

なのにだ。なぜか彼らは傍らの土産を俺に渡すでもなく、ふたり揃って俺のソーメンを食べ出した。

……まぁ、いつものことだから見逃すが、頼むから俺のぶんも残しとけ。

「お前が変だってチョリがＬＩＮＥしてきてさ。だから、暑気見舞いに」

中井がいきなり訪ねてきた事情を話しだしたんだが、手はソーメンを掬《すく》うのをやめない。もちろん俺も負けじとソーメンを口に運びながら、相槌《あいづち》を打つ。

チョリってのは、野々宮さんの本名である野々宮千代里《ちより》からきた愛称だ。

俺は専門時代から野々宮さんと呼んでいたせいか、そのまま変えることなく今に至る。

暑気見舞いかぁ。それにしても……。

「その、見舞われてるはずの俺が空腹を我慢しながら作ったソーメンを、君らはなんで自分の口へ運んでいるのかな?」

「だって、お腹空いてるんだもーん」

「俺もー」

「俺だって腹減ってんの!」

「では、これを喰らいやがれ!」

ばーんと効果音でも鳴らしそうなタイミングで、野々宮さんが大判のスーパーの袋を俺に差し出した。袋から出てきた物は、一尾三千円近くする鰻《うなぎ》のかば焼きパックだった。それを手に、俺は目を眇めて二人を交互に見据えた。

「ソーメンを食っていた俺の家に、飯が残ってないと理解しておきながら鰻を出し、俺のソーメンを全部食った君たちの友情に、俺はどんな仕返しをしたらいいんだろーか」

ソーメン二束が盛られていた笊《ざる》の上は、すでに小さくなった氷の欠片しか残されていなかった。

「仕返しかい!」

「ったりまえだろ! 飯がないってのに、こんな目の毒を出されて恨むわ!」

「ビールとさ――」

「酒を飲まん俺に対するこの仕打ち……ひでぇ友情だな。おい」

と、いつもの流れでふたりにいじられたところで、今度は中井が包みを卓袱台に乗せて素晴らしい物を広げた。

「オカン特製海鮮ちらし。特大桶」

どおりでデカい包みだなと思っていたら、そこから現れたのは海鮮と錦糸卵が散らされた寿司桶一杯のちらし寿司だった。

「おおっ……」

いっきに口内に唾が溢れ、ごくりと喉が鳴る。待ったなしでソーメンを食っていた箸をそのまま桶に突っ込み、一口頬張った。

それが俺の空腹をおおいに刺激した。皿を持ってくることは頭から消え、とにかく無言で箸を動かした。

「うめぇー！」

気づけば野々宮さんが麦茶を用意してくれていて、それを一気に飲み干した直後、俺は久しぶりの他人の手作り料理に喜びの声をあげた。

ふたりは微笑みながら俺の食いっぷりを眺め、ちびちびと皿に盛ったちらしを食べていた。

「元気でたか？　オカンがな、今日会った時に顔色が悪かったのが気になったって、了んとこ持ってけっつーて作ったんだ」

珍しい中井の微笑み。それを見て俺は目を丸くして、野々宮さんに視線を向けた。

「中井にLINEしたらさ、丁度これを透瀬ン家へ届ける予定だって返ってきたのさー。で、あの鰻はウチの父さんからの差し入れ」

「……ありがとな」

俺を気にしながら作ってくれた美味い物は、俺の胸に空いた小さな風穴をぎゅうぎゅうと塞いでくれた。

＊　友情という名の尋問

海鮮ちらしの桶が空になった頃、俺を含めた三人は一斉に後片付けと続く宴会のために動き出した。

これは、ふたりが俺の家に来たら始まるいつもの流れだ。

俺は桶を洗って袋に戻し、鰻をチルドに入れて明日の準備をする。野々宮さんと中井のバカップルは卓袱台上にグラスやアイスペールを用意する。本当に勝手知ったる俺の家で、何がどこにあるかをきっちり把握している。

示し合わせたわけじゃなく、いつの間にか場所と食器の提供は俺で、飲み物とつまみはふたりが持参が暗黙の了解になっている。

本日のつまみは焼き鳥の山。塩にタレ。皮からぼんじりまで種類もわんさか。そこに、俺は代々

続く糠漬《ぬかづ》けを出してセッティング完了だ。

「で、何があったのかなー？　透瀬家ではぁ」

「……なんで、俺ンち限定？」

「だって、俺たちじゃない他の人間がいた残滓《ざんし》が」

残滓ときたよ！　友人との会話の中で、初めて聞く熟語だよ！

いつもの能面顔をもっと無表情にして、中井はグラスを使わず缶ビールに直接口を付け、缶の向こうから鋭い視線を送ってきた。

その横で、野々宮さんは氷を入れたグラスにピンク色のカクテルを注ぎながらも、ごまかされはせんぞってな不敵な笑みを浮べている。

前にも話したが、俺は専門学校時代からこの家で独り暮らしをしている。だから、むやみに知り合いを招待して溜まり場にされることを嫌い、中井にしか住所を教えていなかった。それ以降も、中井の彼女になった野々宮さん以外は、この家に招待したヤツはいない。

つまり、中井の言い分は『俺たちの知らない人間がいた形跡が散見されるが、誰だ？』ってことだな。

しかし、犬や猫じゃあるまいし、匂いでもするってのか？

「残滓って……そんなもんがどこに？」

「ご飯茶碗が三つ、水切りスタンドに置かれてたよー？」

野々宮さんの指摘に、そういえば先ほど食器棚にしまったなーと思い出した。

「あとは、座椅子が出されている点だな」

中井はわざわざ指さして、TV脇に積まれた折り畳み座椅子を示した。

あちゃーと内心で呻きながら、自分の失態から目を逸らす。

日頃から座椅子なんか置いてない居間に、なぜか置かれている。食事はほとんど台所のテーブルで終わらせるし、居間の卓袱台で飯を食う時はそのまま座り込んで座椅子なんて邪魔な物は出さない。

でも、椅子に座る生活が長いレイモンドは、いくら柔らかい畳の上といっても、背もたれなしで長時間座りっぱなしなのは苦痛らしかった。軍の遠征で野営をするらしいが、地面に座るにしても切り株や丸太を椅子代わりにしているという。

段差のない所に長々と座っているのは、腰と膝にくるものがあるらしい。なんたって、なっがーい足では胡坐をかけないし、星座なんか絶対に無理だった。

それを見かねて異世界人ふたりに座椅子を出してやったたっつー経緯があったんだが、しまうのを忘れてた。

「ねぇ、もしかしてーキンパツのイケメンって人？」

「なんだ？　それ……俺は聞いてねぇぞ？」

ニヤつきながら野々宮さんは、OLさん情報を暴露した。それにすぐ中井が反応し、能面が剥がれて垂れ目を僅かに吊り上げて俺を凝視してきた。

あれ？　野々宮さんはカレシに話さなかったんかい？

それに、なんですか？　その怖い目つきは。尋問ですか？　お前らは、刑事か探偵か？

鋭い指摘にもう言い逃れすることもできず、頭を抱えながら大きな溜息を一気に吐き出した。

「……これから俺が話すことを信じるか否かは、各々の判断にまかせる。信じらんねーと思ったら言ってくれ。その時点で俺は話をやめるから」

たぶん、俺は無茶苦茶シリアスな表情で話していたんだろう。

中井たちは一瞬だけ目を合わせて互いの意志を確認し、すぐに俺に視線を戻した。その顔には、さっきまでの気安いニヤケ笑いの気配は残っていない。

だから俺は覚悟を決めて、ここ半月ほどの間に起こった一連の体験談を話して聞かせることにした。

「最初にさ、窓を開けたんだ。そこに――」

相棒のキッチンカーの窓の向こうに、ここことはまったく違う異世界が広がっていて、そこの住人であるレイモンドという名の俺と同世代の男に出会ったことから始まった奇跡の話を、ふたりは茶化したり口を挟んだりすることなく最後まで聞いてくれた。

「じゃー何度かウチの店に寄った時も、あの営業車の中にいたんだー」

「初めの頃に二回ほどな。あんまり顔出しして万が一パトロール中のお巡りさんに職質されでもしたら、と考えたら怖くなってな」

「賢明な判断だな……」

「あーでも、会いたかったなぁ。キンパツのイケメンと豹耳の美人ちゃーん」

ふたりはごく自然に、俺の話を肯定しているふうな態度で会話を進めているけど……俺の与太話に合わせているだけか？

異世界人たちが帰還してしまった今、証拠を見せろと言われても何もない。今更だが、スマホで記念撮影でもしとけば良かったと思わないではないが、たとえその画像を見せても中井たちが『証拠』として認めるとは思えない。だって、『コスプレしてる知り合い』で終始してしまう日本人ですから。

だから、つい尋ねてしまう。

「……信じるか？」

「嘘なのかよ？」

「大マジ」

こればかりは、本人に会わせないと信じられないだろう。レイモンドじゃだめだが、フィヴだったら一発で信じるだろうし、キッチンカーの窓越しだったらなお良しだろうな。

「あたしはさ、やっぱし会ってみないかぎりは半信半疑かなー。透瀬が嘘をついてるとは思わないけど、自分の目で見たものしか信じられないって質だしぃ」

はっきりと自分の判断を口にする野々宮さんは、ブルーのTシャツから伸びた首筋から頬までを朱に染めて、酔いに潤んだ眼差しを俺たちに向けた。

彼女は、専門学校時代からずっと現実主義者だ。

誰かが拾ってきた確証のない噂話には絶対に耳を貸さず、自分の目と耳で確認が取れたことしか認めない。

中井は、そんなところに惚れたらしい。すぐに喧嘩別れすると周囲がこそこそと噂していたにも拘わらず、そんな気配はまったくないけどね。

「ん～～やっぱり会ってみたい、よな？」

「「当然!!」」

異世界や異世界人が存在すると確信してるから答えてるわけじゃないんだろう。ただ、『もしも』の問いに、一般的な回答を返しただけ。

なのに、奴らの眼はいきいきとした光を灯していた。

＊　レイモンドSIDE　神とドラゴンが存在する世界　1

廃墟といっても過言ではない風景が、走っても走っても途切れることなく目の前に出現する。あまりの変わり様に、今いる場所がどこなのかさえ判らなくなりそうだった。

否定しているのに、脳裏に浮かぶのは絶望に近い想像ばかりだ。フィヴの世界で見てしまった、彼女の仲間たちの凄惨な姿が、消しても消しても肉親や親しい者たちに重なる。

あの時、トールに現状を軽く伝えてから避難するつもりで裏門に来たが、結果的にはトールの世界へ逃げ込む羽目に陥った。

その頃はまだ第一城壁が城を守って聳《そび》え立ち、そこに王城守備隊の魔法使いたちが各属性の障壁を張って防衛していた。高知能とはいえ所詮は魔獣相手の戦いだから、高度な戦略や戦術は必要ないだろうと軍の上層部は防衛に力を注ぐ決定をした。

ゆえに障壁のなかった第二城壁は早々に破壊されたが、第一城壁と王城だけは絶対に無事だと思っていたのだが。

走る僕の横には、城壁どころか王城自体が瓦礫の山となって横たわっている。顔を上に精一杯反らして見上げなければ頂天が見えなかった王城は、いまや広大な敷地に転がる巨大な岩の欠片や砂利と化し、もはやここに城が聳え立っていたことが幻だったのではないかとさえ思えるほどの、徹底的に破壊され尽くしていた。

王城でさえこの有様だ。街は？　人々は？

焦燥感が胸に募り、走りを急かす。

瓦礫に埋もれて用をなさなくなった壕《ごう》をどうにか渡り、王城前広場へとようやく辿り着いた。

広場には生き残った王都の民たちが避難してきており、野戦場さながらの光景が広がっていた。

あちこちで炊き出しの列や怪我人の治療が行われており、疲れ切った人々はいまだ不安げに空を見上げながら安全な避難場所を求めて彷徨っている。

足を止めることなく貴族街へ向かいながら知り合いがいないかと避難民の間を見回すが、絶望の色濃い彼らの顔を目にすることは苦痛以外のなにものでもなかった。

「レイモンド!!」

見知った顔を見つけられないまま広場を去ろうとしていた時、遠くから僕の名を叫ぶ男の声が耳に届いた。

足を止めて声の主を捜すがどこもかしこも人集りですぐに見つけられない。

僕を知る者との再会にほっとしつつも多くの怪我人が目に映ってしまえば、相手の無事を確かめるまでは不安は去らない。

「レーイ！　こっちだ！」

わずかに残った街路樹の根元で、青い髪のひょろりとした男が両手を振り上げて僕を呼んでいた。

「ジョシュ！　よく……よく生きていたな!!」

「当たり前だ！　俺を簡単に殺すなよ！」

固まって座り込む人たちの間を掻き分けながら近づき、煤《すす》けて汚れきった相手が別部隊の知人だったことに気づいた。僕の部隊が帰還した直後に、戦地へ向かった第二陣の中に入っていた奴だ。

一番危険な最前線へと向かったのに、こうして五体満足の状態で再会できたことは嬉しかった。

「それにしても……酷い状況だ……」

「酷いって、お前も王都にいたんだろう？　何を今更……」

「崩れた城壁の欠片に当たって、ずっと意識が無かったんだ」

嘘をつくのは心苦しかったが、真実を語っても信じてもらえそうにない。それこそ人事不省に陥ってる間に、都合の良い夢でも見ていたのじゃないかと笑われておしまいだろう。

「おいおい！　お前こそ大丈夫なのか!?」

「ああ、すでに怪我は完治して体調も万全だ。避難中に私を救ってくれた人がいてな、その人に王都まで送り届けてもらったのだ」

「……だからか。この状況に驚いたのは」

「街はやられていても、城だけは無事だろうと思っていたからな……」

僕らはおのずと、城壁と城があった方角に視線を投げた。

あの重厚かつ堅牢な王城が消え、遠くに横たわる山脈が望めてしまう。こんな風景は、見たくなかった。

あの見慣れた無骨で巨大な王の居城は、もうないのだ。

「陛下は、王家の方々はどうされた？」

「妃殿下は王子王女共々辺境伯の別邸へと避難され、陛下は側近と共に国境沿いの町へ、隣国の使者と会見を行いに向かったよ。他の大臣たちは半壊した宮殿に詰めている」

「他国は無事だったのか？」

「いや……ほとんどの国が襲われたらしい。ドラゴンの被害にまったく合わなかった国はないだろうという話だ。いったいなぜ……」

項垂れながらその場に座り込んだジョシュの肩を励ますように叩き、僕は家族を探しに行く旨を告げて彼と別れた。

王都や周辺地域の状況は把握した。今度は身内の安否だ。

貴族街に立ち並んでいた僕の実家を含めた法衣貴族たちの家屋敷は見事に焼け落ちて崩れ、いまや土台しか残っていない。一区画前から実家があったあたりを見通せることに、衝撃のあまりしばらく立ち竦んでしまった。

あの砦のような城が、跡形もなく墜とされたのだ。その手前に立ち並ぶ住居地区など、ドラゴンの群れにとっては格好の的だっただろうさ。

のろのろと実家のあった敷地に向かい、焼け焦げて真っ黒になりながらも健気に立っている数本の柱を見つめ、灰や塵に埋もれた焦げ臭い中をうろついた。

「あっ……」

それを見つけられたのは不幸中の幸いだった。きっと長兄が残していってくれたのだろう僕宛ての言伝が、燃えずにすんだ腰壁だったらしい板に彫られていた。

『商会本店の地下倉庫に避難している。家族全員無事』

読み終えた途端、喉の奥からぐっと込み上げてくるものがあった。

ああ、無事だったんだ。家族の誰一人欠けることなく揃って生きていてくれたんだ。

安堵と虚脱感が一気に襲ってきて膝から崩れそうになったが、必死で踏ん張って気力を振り絞ると走り出した。

早く僕の無事を知らせなければ。

次男と三男が創業主の『赤駒商会』は、この国だけではなく他国にまで支店を持つ大商会だ。

何世代にも渡って長い歴史を持つ大店を抑えて若い商会を繁盛させ、他にない自由な発想と行動力で大陸中を飛び回り、滅多に実家に顔を出すことがない兄たちだ。

父や長兄などは、一人ならいざ知らずふたりでの商売などきっとどこかで大衝突して破綻すると断言したほど、兄たちの性格は破天荒だった。それが、なぜか今では大商人の仲間入りだ。

貴族街よりも酷い有様の庶民街を抜け、農地が広がるその一角に到着した。

一見すると農家が所有する掘っ建て小屋のようなボロ小屋の扉を、兄たちの名を呼びながら叩いた。

「レイ!!」

埃を舞い上げて開いた扉から、髪を乱した母が飛び出してくると僕に抱きついた。

「母上、無事でよかった……」

「それはこちらの台詞よっ！　もう、どこへ行っていたの⁉　お父様たちは、貴方を必死で探していたのよ！」

次々と中から家族が出てきて、僕の無事を喜びながらも母と一緒に説教へと流れていく。軍兵をやっているからこその心配が、ここにきて噴き出してしまったようだ。

抱きついたまま離れない母に、僕の頭を脇に抱え込んで小突き回す兄たち。父は少し離れて、そんな僕らを笑って見ていた。

僕にあれこれ文句を言いながらも、家族の顔は空と同じく晴れ渡っていた。

＊　神とドラゴンが存在する世界　２

父と次兄に案内されて、薄暗い地下倉庫の奥へと進む。

倉庫と呼んでいはいるが、元は古代遺跡の一角だ。

それも、太古の昔に存在していた地下を徘徊する魔獣の巣を古代の先祖たちが住居に使い、その名残がこの農地の各所に点在している。そんな遠くない昔には繋がっていたらしい穴倉は、今では落盤や土砂崩れで分断され、商人たちには使い勝手の良い倉庫として重宝されている。

普段は商会が経営している農地で採れた作物や商品を貯蔵したり、地下で栽培する菌類作物の農地としても使われていた。

そして、今回のドラゴンによる大災害だ。

地表からもそれなりに深度がある倉庫にはドラゴンの攻撃はほとんど通じないし、あれらは地下まで潜り込んでくることはない。地下は絶好の避難所だった。

ここを所持していて幸いだったと先導する次兄は語り、扉付きの部屋に入っていった。

「これは……」

見知った馴染みある家財道具や生活用品が、部屋の中に所狭しと積まれていた。

「小都オーランから伝鳥が届いたのを切っ掛けに、本店の荷馬車を使って早急に移動させた。安全が確認できるまで、当分はここが我らの住まいだ」

安全が……か。

父たちに真相を話しておいたほうが良いのかどうか、ずっと迷っている。話しても信用されるとは思えないが、末っ子の戯言とでも思って頭の隅に置いてもらえるだけでも良いか。

どうしようかと思案しながら自分の服を探し出し、見た目はすでに襤褸《ぼろ》と変わりない内勤兵用の制服から普段着に着替えをはじめた。

制服の内隠しで、チャリッと澄んだ音がした。

慌てて探ってみたら、革袋に詰まった銅貨と銀貨が零れ落ちてきた。

そして――。

「これはまた……なんという変わりようだ」

手に馴染んだ太さと長さの棒状の品が、よれよれになるほど書き込まれた手帳に挟まって現れた。

あのツルツルした硬い表面は木工に変わり、そっと頭部を押してみたら、なんと先端から小さく細いペン先が出てでた。

ごくりと息を飲んで、部屋の隅に散らかされていた書き損じの紙の端にペン先をつけて、ゆっくりと文字を書いてみた。

己の顔に、自然と歓喜の笑みが上る。

いったいどんな構造に変化させたのかとペン先の奥を覗きこむが、ランタンひとつの薄暗い場所では無理だった。

カチッと音をさせてペン先を引っ込め、誰かの目を引かない内に手帳と共に上着の奥にしまった。

「神様からの報酬――なのかなぁ」

これは、僕が異世界へ行っていた正真正銘の証だ。

誰かに見せるつもりはない。これらは僕が僕のために残しておく宝だ。


父と長兄は、僕の話を聞いて笑い飛ばさない代わりに難しい顔をして僕を見据えていた。

同じ表情をするふたりがこうして並んでいると、本当に良く似た親子なんだと気づく。ひとりの男の過去と未来の絵を並べて鑑賞しているようで、笑いが込み上げてくるが必死に堪えた。

「それで、お前はそれを陛下に伝えたいと?」

「はい。もうドラゴンからの攻撃はないと。でなければ、いつまでも厳戒体制を続けなければなりません。国の復興作業の開始は、すこしでも早いほうが良いかと」

僕が無表情でつらつらと説明すると、苦い顔の親子は同時に盛大な溜息を零した。

「……それを、陛下が信じると思うか?」

「いいえ、まったく。私が陛下のお立場であっても信用しないでしょう」

僕が父たちに告げた内容は、作り話と真実を混ぜ込んだものにした。

降ってきた瓦礫に当たって朦朧《もうろう》としていたところを避難途中の貴族に助けられたが、長いあいだ意識が戻らず、その時に神託を受けたといった具合だ。

トールのおかげで異世界へ避難していた事実は、まるっと黙っていた。ありのままを打ち明けても、もっと信憑性《しんぴょう》がなくなるだけだ。

「ならば、その話を届けても無駄だろうが。どうせ信じてもらえないんだ」

「しかし、いつまでも不安に空を見上げながら避難生活をし、何もできずに座り込んでいては、民たちは疲れ果ててしまいます」

「馬鹿だなぁ。本当にうちの末っ子は真面目過ぎだ。そんな話を陛下の許に届けても、側近たちに戯言扱いで握りつぶされるだけだ。そこはな、俺たち『赤駒商会』の出番だろう！」

陽気な三男が積み上げられた木箱の陰から顔を覗かせ、ニヤリと人の悪い笑みを浮かべた。

「どうするんです？」

「うちの輸送荷馬車を使って、さも他国から情報が流れてきたとみせかけて噂を流せばいい」

「しかし……」

「事実なんだろう⁉」

「はい！」

「じゃあ自信を持って動け！　もうドラゴンの襲来はない！　事は神々の問題で、それも解決を見た！　そうだな！」

「はい！」

なんだかんだ理屈をつけてみても、結局は人々が動きださなければ何も進まない。それが国王様でなくてもいい。切実に生活の再開を待っているのは、市井の民たちなのだから。

この世界は誰のものでもなく、僕らの世界だ。

こうして『赤駒商会』は、どんどんと王都へ衣食住に関わる物を運び入れ、元の場所に本店を建てて商売を再開した。食い扶持《ぶち》のない僕はふたりの兄にこき使われ、遠巻きに眺める人たちに笑顔を振り撒く。

少しずつ客足が増えてゆき、店頭で兄や店員たちが客相手に噂話として色々な情報を流す。それひとつだけでは悪目立ちするが、与太話を挟んだりしておけば客は笑いながら聴くだろう。

悪い話ではないんだ。皆が今か今かと待っていた情報なんだから。

僕は僕にできることを探し、誰かのために役立てるだけだ。

「これは旨そうだな！」

「ホウホウ鳥と小麦と塩……卵か？」

まず最初に新しい物が大好きな三男兄が歓声を上げ、好奇心旺盛で細部まで構造を調べないと気が済まない次男兄が摘んでじっくり観察しだす。

新しい家の食堂に、食欲をおおいに刺激する香ばしい匂いが立ち込めている。

ご名答！　と手を叩いてやったら気を良くした次男が、躊躇なく口に放り込んだ。

本店のあとに家を建て替え、今日は祝！　完成晩餐会だ。

だから、僕はあちらで習ってきた『鳥の唐揚げ』を作って披露した。

トールの横に立ち、指示をもらいながら材料をまとめ、何をどう入れるとどんな味になるかをしっかり脳に蓄積させながら学んできた。

そして、僕がトールと初めて出会った時に味見させてくれた、あの感動と美味しさを家族に味わわせてやりたかったのだ。

「う、美味い！　なんだ⁉　なんなんだ⁉　これは！」

「この下味は……あの臭い香草だとぉ⁉」

「静かに食べなさい‼　お行儀の悪い！」

と、兄たちを叱りつけながらも、自分の皿をすでにきれいにし終えている母は……。

「どうぞ、母上。今日までご苦労様でした」

「やーねーっ。おほほほ。レイモンド……ありがとう」

僕によく似た柔らかい金の髪を綺麗に結い上げて、大切にしまっていた父との思い出のドレスに身を包んだ母は、それはそれは美しかった。

ただし、僕の食い意地すら母に似たんだと思うと、ちょっと切なかった。

ところで、どうしようか。

商売人の兄たちが目がギラギラさせて、唐揚げを解体しながら口に運んでいるのが視界の隅に映っているんだが。

たぶん……いや、きっと食後に僕は拉致される。商売人の顔をした兄たちに。唐揚げに夢中の彼らの背後に、尋問官のような顔つきのまぼろしが見えるようだよ。

トール。助けてくれ……。

＊ 複雑でいて単純

陽もとっぷりと暮れ、中井たちを門前で見送った俺は、その足で駐車場に停めてあるキッチンカーに乗り込んだ。

窓ガラス越しに空を見上げれば、猫の爪みたいな細い三日月が出ている。

月明かりよりも、地上のほうがより明るい。レイモンドとフィヴがいちばん驚いていたのが、夜になっても外が明るいことだったなぁ。

ジィ様と話せるかな？　と思って乗り込んだのだが、声を掛ける前に何の気なしに窓を開けてみることにした。

三人揃っていたから条件が満たされたんだと理解しているが、俺ひとりで開けた場合は昼間と同様に繋がるのか。場所も時間も違うからまったく繋がらないか。こういった謎っての は、何事も実験や確認が必要だと思うんだよね。

というわけで、レイモンドの世界に通じている窓を開けてみたんだが、真っ暗な地下室みたいな部屋に繋がっていて、予想外のことに目を凝らしたまま茫然自失した。

だって、経験だ確認だなんぞと言ってみたが、本音では繋がるわけないと思っていたんだ。なのに、どう見ても俺ンちの裏じゃない光景が。

気構えなしだっただけに、レイモンドと初めて出会った時と同じくらいの衝撃を喰ったのだ。

え？　ここでも繋がるのか？　なら、昼間の拠点は？

またもや頭が大混乱だ。

他人のお家を大胆に覗き見している自分の状況も忘れ、脳内会議が紛糾して意識を飛ばしかけていたところに灯りを手にした赤毛の大男が現れて、唖然としたまま固まっている俺とばっちりご対面をしたわけだ。

男も驚愕の光景に立ち竦み、目を剥いて俺を見据えている。

当然だろう。壁から見知らぬ人間が生えてるんだからな。は……ははは……。

すぐに我に返った俺は、反射的に窓を勢いよく閉じた。

挨拶も謝罪もしないで、この態度はないよなぁ。

背筋を冷汗が、つつーっと伝い落ちる。

「……どうなってるんだ？」


――縁ある者の近くに移動したんじゃろうのぉ――


問いかけたつもりもないのに答えが返ってきて、俺は思わず店舗内を見回してしまった。

ジィ様の本体はこのキッチンカーだってのに、なんだか仙人みたいな姿を想像してしまって、声がするとどこかに姿を現すんじゃないかと捜してしまう。

「近くにって、レイがさっきの場所の近くにいるってこと?」

――そういうことじゃ。なぜにあんな地下なのかは知らんが、先ほど出会った者は縁ある者か血縁者。じゃから、主と視線をあわせられたんじゃろうのぉ――

うん? 今、なんか気になることを言ってたぞ?

視線を合わせるって……もしかして、俺ってレイや血縁者以外とは会えない――つまりは、他人には俺を見ることができないってことか?

「なぁ、もしかしたら血縁だから俺を認識できたってこと? だったら、親しい友人とかは?」

――無理じゃな。主が会っておる最中に傍らにおることはできるが、あちらと対面することはできん――

俺とレイモンドとフィヴは、あちこちの神様に選ばれて騒動を収める手伝いをした。その時に、神力に触れたことでジィ様の力が及ぶかぎりは交流が続けられる縁ができたってわけだ。

で、俺たち三人と同じ血を持つ人なら、窓越しで交流できるってこと。

となると、やっぱり駄目なのかぁ。証明のために会わせたいなんて、邪《よこしま》な考えでしかないからなぁ。中井たちには事情を話して、諦めてもらうしかないな。

「ところで……場所や時間が違うのに、なんで繫がるんだ？」

――前にここで繫げてしもうたからのぉ。月夜の晩には一方ずつなら繫がっておる――

「ああ、あれか⁉　この間みたいに両方の窓を一遍に繫げることはできないけど、片方ならってこと？」

――うむ。あれは主ら縁ある三人が揃った状態で、月と儂の力があってこそ成し遂げられた奇跡じゃったからのぉ――

片方なら異世界と繫がるが、両方の窓を開けて繫げることはできないってことか。でも、ここで異世界と繫がるんなら、仕事を気にせず会えるのはいいかも。

「なぁ、ジィ様。なら昼間の接続はどうなってんの？」

――今、ここで繫がってしもうた場所は、昼間に繫がることはもうないのじゃ。あそこはのぉ、主と異界の者とを出会わせるため、あちらの神が場所と時を与えてくれたのじゃよ。もう事は成したからのぉ。縁ある者は、この先あの場へ来ることはないだろうしのぉ――

ということは、フィヴのほうもこの場でなら彼女の近くに繋がっているってことになるんだが……。さっきのアクシデントが頭に蘇って、窓枠に手をかけたが引くことに躊躇した。

だってさ、フィヴの側に居るのは、武闘派の親父さんと兄貴だって話なんだぜ？　さっきみたいにばったり出会ってしまったら。

「絶対に得体の知れない不埒者扱いされるよな……」


——どうじゃろうのぉ。ふぇふぇふぇ……——


その笑い声にムカッときて、フィヴ側の窓をすこしだけ開けてみた。

おう！　どうせ小心者ですよ！　さっきみたいに全開は無理ですよ！

細く開いた隙間にそっと目を近づけて覗き込んでみたんだが、なんとそこは森の中だった。

見渡すかぎりの草原地帯から、今度は見渡すかぎり大木が林立している森林地帯ですよ。確か豹族は森林に棲んでいるって言ってたもんな。

しばらくそのまま辺りを窺い、人の気配がないことを確かめてからもうすこしだけ窓を開けてみた。この窓がどんな場所にポイントされているのか、身を乗り出して確認した。

今度も大木の幹に設置されていて、空中に浮く謎の窓じゃないことにほっとした。

なんか嫌だったんだよね。

あの空中に浮かんでる状況ってのが。

何でかっていうと、窓を閉めてしまうと位置が特定しにくくなるだろう？　レイモンドは上手く目印になる物を見つけておいて、大体この辺りと見当をつけて待っていたらしいんだが、それもなんか申し訳ないっていうか……。はたから見たら、カワイソーな子扱いされそうで……。

幸運にも誰の目にもつかずにきたが、この先はわからないしな。だからって、人様の家の中がいいってわけじゃないんだが。

深い森の中をぐるりと見渡し、思い切り深呼吸をしてみた。緑の匂いに土の匂い。それらに混じって腐葉土から立ち上る湿った匂い。これは森林浴にもってこいな場所だなーなんて呑気に思ってしまった。

で、そこでふと気づいたわけだが。

今度はここに窓が移動したって、どうやってフィヴに伝えるんだ？

レイモンドはいいさ。さっきの兄ちゃんが騒いでくれりゃ、それを聞いたレイモンドは何となく見当をつけてくれるだろう。それが駄目でも、建物の内部らしいからいずれは顔を合せる機会が来るだろうし。

しかーし、フィヴに繋がる窓は森林の中だ。この森はどれくらいの広さなのか知らないが、近くを通らないかぎりは窓に気づくことはない。

フィヴがあの草原地帯にまだ窓が設置されていると思い込んで、わざわざ遠出することになってしまったら……。申し訳ないどころか、親父さんと兄貴にボコられるくらいの覚悟は必要かもなぁ。

――ふぇふぇふぇ……そう気を落とすな。美味い匂いでも流してやれば、すぐに気づくじゃろうて――


ああ、そうだった。最初にフィヴが引っかかったのも、料理の匂いが流れ出ていたからだったんだ。

食いしん坊なふたりの異世界人は、やはり食い物の匂いでおびき寄せるにかぎるのかもな。

＊　残念なお知らせと残念な俺。

晴天の下、営業へ向かうための準備を始める。

生で使う野菜なんかは、ちょっとでも鮮度の高い物を使いたいから、小まめに購入して使い切る。

下拵えまで終えた品や煮込むだけの鍋を積み込んで、近くの農家に顔を出す。

昔からご夫婦二人で細々と畑を耕し続けてきた農家で、今ではこのあたりに一軒しか残っていない。動けなくなるまで耕す！　とご夫婦揃って口にしていて、その意気込みと品の味に惚れてお願いしている。

「おはようございまーす。透瀬でーす！」

天気の良い早朝はすでに畑に出ているから、家には寄らずに畑脇の道にキッチンカーを停めて声をかける。

するとサヤエンドウの支柱の群れから、可愛らしいプリント柄の農帽をかぶった奥さんが、ひょっこりと顔を出した。

「了ちゃん、ちょうどいいとこに来たわ！　コレ、最後だから持ってって！」

見れば、育ち切ったサヤエンドウが籠の中に山となっている。こうなると、筋も外皮もかなり厚くなってるから下処理を手抜きできない。もう、暇をみて丹念な筋取り作業だな。

「あと、キュウリとオクラと――」

「おら、こっちも持っていけ」

バックドアを開いて空箱にサヤエンドウを流し込んでると、その横から胴間声《どうまごえ》と共にひしゃげた段ボール箱二つが積み込まれた。

土に塗れた作業服に日焼けした親父さんが、箱のひとつを開けて中を見せてくれた。

見ればきゅうりだ。別名『おばけきゅうり』とこのあたりじゃ呼ばれてる、商品にならない極太で皮が厚く長いきゅうりだ。

こいつは、サラダの時に薄切りにして横に添えたり輪切りにしてポテサラに入れたりするきゅうりには向かず、漬物や千切りにして混ぜ合わせて使わないとならない。中華風味サラダや酢の物、あとは浅漬けだな。いっそ割りばしに突き刺して一本漬けにするか？　めちゃ食べ応えありそうだが。

「はいよ。オクラ」

オクラも、育ち過ぎは怖い品である。食べ頃を過ぎて育ってしまうと筋張ってしまってマジで食えない。

スーパーの特売で、妙に太く形がしっかりしていて緑濃い場合は注意されたし。時間をかけて茹でて、みじん切りにして料理に使うしかない。

「かよ子さん、オクラはあとどれくらい？」

「そーねぇ……今週いっぱいかしら」

それを聞いてスマホのスケジュール管理にメモしておく。おばけきゅうりに関しても記載しておいて、終わり時期を明確にしておく。この農家さんで仕入れできなくなった物は、近くの八百屋にお願いしている。

あちこち飛び回らないといけない仕入れだが、以前の弁当屋でお世話になっての縁続きだ。皆が被害を心配し、弁当屋の店主夫婦に火事見舞いを出してくれた。

そして、俺が開業するって話をした時に、協力を申し出てくれたのも彼らだ。この人たちがいなかったら、絶対に営業できなかっただろう。

縁ってのは、本当に得難いもんだよ。

結ぶことは簡単でも、長続きさせるのは至難の業だ。信用で成り立った縁が信頼に変化して、でもそこで満足して真っ当な付き合い方を忘れると、縁の結び目は簡単に解けてしまう。そこが縁の切れ目と呼ばれる地点なんだろう。

だから大事にしないと縁は続かない。

中井たちが俺の家へ暑気払いに来てくれた日から数日後、久しぶりに俺の定休日に合わせて休みを取ってくれた彼らを、この間の見舞いの礼に俺の奢りで焼き肉屋へご招待した。

ここも俺が仕入れをしている肉卸しさんが経営している焼き肉屋なんで、日頃の感謝も兼ねて予約を入れた。

肉だ肉だ！　と次々とロースターに広げて、旨い美味いと口へ放り込んでいく俺たち。

ただし、酒は注文したヤツが自分で払うこと。それが俺たち三人の間の暗黙の了解だ。飲めない俺が、理不尽な思いをしたりしないようにってことらしい。こういう気遣いは嬉しいよな。飲むほうだって気兼ねなく好きなだけ飲めるもんな。

で、腹一杯食ったところで、ぼそぼそと事情から話し始めて最後に結論を伝えた。

「と、いうわけで、ご対面は叶いません。期待させてすまんかった」

毛羽立った畳に後ろ手を付いて窮屈そうな腹を伸ばしながら、中井が酔いの回った垂れ目を眇めてニヤリと笑った。

「縁ねぇ……」

「何か、悔しいーっ。透瀬との縁っていったら、あたしと中井のほうが先なのにーっ！」

素面では冷静かつ冷淡扱いされがちな野々宮さんは、酔いが回ってくると感情的になる。まさに今、正体を現して暴れだした。

「た、確かに俺とお前らは長いけど、あっちの奴らと直接的な縁があるわけじゃねぇからさぁ……こればっかりは、どうしようもねぇ」

「つまりだ、顔合わせは無理だが、了の後ろでその様子を眺めてることはできるってんだな？」

「うー、うん。たぶん、お前らの目には外の風景の中に俺が顔を出してるようにしか見えないと思うんだがな」

くいっとビールのグラスで口を湿らせ、後ろへ反らせていた上体を起こした中井がまたニヤリ。

「じゃ、見学させてもらおうじゃん。んで、あちらの世界から証拠になる物をもらえばいいんじゃね？」

「あ、そっかぁ。事前に透瀬が何も持っていないって確認して、そっから始めて――でも、こっちに存在しない物は駄目で、存在する物はそのままって話だったよね？」

うーんと唸りながら腕を組んで考え込み出した酔っぱらいお嬢さんをちらっと見てから、中井を凝視した。

「……なんで、そこまで拘るんだ？　異世界人に会いたいからか？　それとも――」

「どうして、わっかんないかなー透瀬は。　あたしも中井もね、透瀬の話を信じたいのっ。異世界人がキンパツの猫耳だろーがオッドアイのイケメンだろーが、そんなのどーでもいいのっ！　でもさ、異世界だよ？　この現実世界じゃないんだよ⁉　隣りの家に子猫が生まれたって程度の話じゃないんだもん。そう簡単には頷けないんだよ！　もーっなんで解らんかなーっ」

解んねぇよ……。

どうしたってふたりには見えない世界なのに、何をそういきり立って訴えてんだか。

俺はそんなふうに感じながら力説する野々宮さんから視線を逸らし、誤魔化すために半焦げで放置されていた肉を口へ放り込んだ。

「あのな、チョリも俺も大切な親友として了が心配なんだよ。これなら解るか？」

中井の一言が俺の喉にヒットした。飲み込みかけた肉が瞬時に俺の口から発射されて、すかした表情の中井の額に張りつく。

その間の俺は、とにかく涙目で咽《むせ》まくって咳込み、畳の上で悶絶しまくっていた。

「そ、その台詞は……野々宮さんに言って、ほ、欲しかった！　なんでお前らは、俺の前だと立ち位置が逆なんだ……げほっ……中井、キモッ！」

アワアワしている野々宮さんの横で、中井はゆっくりと額から俺が飛ばした肉片を毟《むし》り取ると、もっと目を細めて凍った悪魔の微笑みを浮かべ、ロースターを迂回してゆっくりと這いながら近づいてきた。

「そりゃ、大事な大事な可愛い了ちゃんが理解できるように、とっても解りやすく言い直してあげたんだが？　理解できたかー？　この頭はっ!!」

ぜいぜいといまだ咽ていた俺の額に、痛烈なデコピンが炸裂した。

いってーーーーっ!!　なんで？　俺が悪いの!?　肉を飛ばしたせいか!?　なぁ、誰か俺に教えてくれよ!!

＊　白銀豹族フィヴSIDE　家族との再会

走った。

脇目もふらずに走った。

戦争の傷跡は残っているけれど、戦火はどこにも見えない。

だから、獣化に頼らず二本足でひたすら走った。

トールの世界からこちらへ戻って、まず先にしたことは避難地区周辺を調べること。竜種の先行部隊に奇襲をかけられた時、みんなは散り散りに逃げた。固まって逃亡すると一網打尽にされてしまうと身を以って知っているから、いっせいに四方八方へと散った。

私は街道から離れて裏から回り込むように点在する灌木《かんぼく》の茂みを伝って、トールと会える空き地の木の側まで向かった。

でも、そこで目にしたのは、他の仲間たちが襲われている場面だった。

目の前で知り合いや友達が、次々と敵の槍や爪の餌食になっていくのを隠れて見ているしかできず、自分の無力さや不甲斐なさに震えて涙するしかなかった。

怖かった。

獣種は強いと言われていたのに、あれほど簡単に屠《ほふ》られてしまう現実を前にして、私は恐怖に蹲ったまま身動きできなかった。

どんなに体力があって強靭な身体をしていても、命のかかった戦いでは精神力がものをいう。震えながら泣くしかない私には、父や兄のように強い心を持って敵を屠ることなど無理なことだった。

その後すぐにトールたちに助けられたけれど、あの時彼らが助けの手を伸ばしてくれなかったら、私はどうなっていたんだろう……。

その先を想像するのは、今でも怖い。

結局、半日ほど費やしても誰にも再会できず、諦めて長い時間を過ごした草原を後にした。

すこしでも人の気配がする場所を求めて足を進め、疲れたらトールが持たせてくれた『サカナのひらき』を焼いて食べた。クッキーもちょっとだけ。

街道を走っていると、さまざまな種族の避難民たちが私と同じく故郷へ戻るために合流し、だんだんと増えていく。まだ警戒心が解けない人もいたが、孤独ではなくなった安心感で表情が和らいでいっている様子がみえる。

生き残ったたくさんの人たちの中に、リーラ姉弟も加わっていますようにと祈りながら走る。

ちょっとぼんやりさんなリーラだけど、その代わりに頭も体も敏捷で勘のよい弟たちが姉を庇いながら逃げ延びたはず。きっと、私よりも先に進んでいるはず。

「本当なのか？　竜王ジェルシドが倒れたってのは……」

野営の集団に紛れ込み、マントを被って横になっていた私の耳に、商人らしい男たちの会話が飛び込んでいた。こちらに戻って初めて聞く竜種の情報に、眠気も飛んでじっと耳をそばだてた。

「はっきりしたことは判らんが、倒れたってのは本当らしいぞ。それで戦争を終結させたらしい」

「神罰が当たったんだろうよ……」

「まったくだ。俺たちを皆殺しにして、やつらはこの世界でどうやって生きていくつもりだったんだ。神様も慌てただろうに」

バサリと羽ばたきが聞こえ、有翼種の商人が焚火の前で身体を伸ばした。

「ああ、これで商売が再開できると思うとホッとする」

「確かになぁ。だが、金はあっても物がなぁ……」

「とにかくライオット様の下へ戻ってみてから、だな。王都が無事ならそこに人も品物も集まっているだろうよ」

軽い笑い声が起こり、火の周りに座り込んでいる人たちの気配が和やかになるのを感じた。

私は詰めていた息をそっと吐いて、目を閉じた。

戦いの火ぶたを切った、竜王ジェルシドが倒れた。

神の与えた罰なの？　それが本当なら、真相を知る私は神を軽蔑する。

だって、そもそもの原因は神の不手際なのに。竜種の錯乱は、竜神が錯乱して荒れたせいなのに。

憤りを消せないまま眠りについたせいか、目覚めは最悪で胸の奥がどんよりと重かった。


故郷の森に着いたのは、こちらに戻ってから十日ほど経った頃だ。

逃げ出した時は樹々のすべてを焼き尽くす勢いに見えた火災だったが、あちこちにぽつぽつと焼け野原があるだけで、森全体から見たらほんの一部分だけが焼失したに過ぎなかった。

竜種の兵たちは、私たちに真正面から戦いを挑むことはなく、闇に乗じて家々に火を放って回った。戦場はまだ遠い地だったのに、なぜここに竜種の部隊が！　と、私たちは燃え盛る炎の中で見た彼らに戦慄した。

それが、竜王ジェルシドから密命を受けていた先行部隊だと知ったのは、故郷の森を逃げ出して随分と経ってからだった。

腕に覚えのある男たちは戦場に駆り出され、森に残った者たちのほとんどは女子供と年寄りだけだった。逃れて隠れるたびに火をかけられて森が燃えだし、業火の恐怖に抵抗することもできずにみんな散り散りに森から離れるしかなかった。

あのまま踏ん張って森の中を逃げ隠れしていたら、平原での惨事に見舞われずに……いいえ、それは希望的観測でしかない。きっといつまでも森の中を追い回されて殺され、もっと森が焼失していただろう。

ぼんやりと樹々を眺めながら、家のあった場所へと道を辿る。夢が本当のことなら、父たちに再会できるかも知れないと期待しながら。

懐かしい風景がじょじょに増えてゆく代わりに、悲しい情景も目の当たりにすることになる。

私が住んでいた里は、見るも無残に変わり果てていた。人が多かったために、いちばん酷く荒らされてしまっていた。たくさんあった巨木はなぎ倒されて燃え尽き、大きな焼け野原に変わっている。

私はその際に立ち、いまだ焦げた臭いに満たされた黒い地を悄然と見つめた。

「フィーヴ!!」

いきなり下草を撒き散らして、誰かが私に飛びついてきた。油断していた私は、抱きつかれたまま後ろに尻もちをついて転がった。

「フィルダー……良かった。無事だったのね?」

「それはこっちの台詞だよ! 今迄どこへ逃げてたんだ? 皆で探し回ってたんだぞ!!」

私の首に腕を回したきり倒れても離れないフィルダーは、私の従兄弟だ。

襲撃を受けた当初は親族数人と一緒に森を逃げ出したのに、すぐに離れ離れになって行方がわからなくなった。私は草原へ向かい、彼らは森へと迂回して戻ってきたらしい。

「ずっとの街道沿いを逃げ隠れしていたのよ。それより、みんなは? うちの父や兄は?」

「ふたりも無事だよ! 毎日フィヴを探し回ってて、戦争に出てる時より疲れ切ってるよ! 俺んちも全員助かったけど……父さんが腕をやられた。でも命は助かった!」

フィルダーと抱き合い、互いの無事を喜んだ。

命さえ助かったのなら、それでいい。

互いに頭を擦りつけじゃれ合い、ようやく立ち上がってフィルダーの案内で家族の待つ新たな里へと走った。

父と兄の姿を目にした瞬間、堪えていた涙が決壊した。胸も息も詰まって、ふたりを呼ぶことすらできずに走り出した。代わりに、兄が私の名を呼ぶ。

「フィ、フィヴ!!」

並んだふたりの大きな胸に飛び込み、両腕を回してしがみつくとわーわーと大声をあげて泣いた。

頭の上で、涙声の父が何度も「良かった」と繰り返すのを聞きながら、私はずっと泣き通した。

「母さんが夢に立ってな、お前は無事だと教えてくれたんだ。それを父さんに言ったら、父さんも同じ夢を見たと……」

やはり涙声の兄フィヨルドが、私の頭を撫でながら教えてくれた。

驚いて涙でぐちゃぐちゃな顔を仰け反らせ、涙目の兄を見上げた。

「わ、私も見たの。だから、必死にな……なって帰ってきたのっ。良かった。ほ、本当に無事で、よかった……」

おさまりかけた涙がまたぐっと込み上げてきて、気づけば三人で抱き合ったまま泣き続けた。

＊ 神の罪

父たちと互いの無事を確かめ合って号泣し、今まで我慢していた思いを涙と一緒に吐き切った後、ふたりに連れられて新居に案内された。

泣きすぎて浮腫《むく》んだ目元が恥ずかしくて父の胸にしがみつくような状態で、再会できたことを祝いに来てくれた一族の人たちの間を通り過ぎた。それがまた嬉しくて涙が浮かび、大人たちが父に報告をしている間、通りがかりの者が私の頭を撫でたり肩を叩いたりしていった。

多くの一族が助かっていた。

他族の知り合いも無事に帰ってきていた。あちらこちらで抱き合い喜びを交わす声が上がって、でも中には悲鳴のような泣き声を上げて崩れ落ちる者もいた。

私はただ父の胸に顔を埋め、いろいろな感情が混じり合った複雑な胸の内を涙に変えた。


新しい家は以前とは違う大木の根元に建てられており、ちょっと小さくなったけれど暖かで心地よい空間にできあがっていた。

私の部屋だと教えられた樹の匂いが溢れる小部屋へ入り、汚れた旅装束を脱ぎ捨てた。あちこち解《ほつ》れが見える装備は、トールが面白い器具を使って繕ってくれた。男にしては器用なトールに目を丸くした私を、彼は笑いながら「あんまりキレイな縫い目じゃなくて、ごめんな」と詫びてきた。

そんなことはない！　と返した私に、トールはまた笑っていた。

嫌な思い出と、トールの思い出が残るこれは私の大事な宝になる。

使えなくてもいい。大事にしまっておこう。世界の歴史と異世界の秘密が篭められた、私だけの宝だから。

久しぶりにゆったりとした服に着がえ、真新しい寝台に飛び込んだ。

トールの家で用意されたフトンほど柔らかではないけれど、私たちが使っている寝台には叩くとふわふわな細かい糸の塊になる草を敷き詰めてある。ごろりと寝転ぶと、草のいい匂いと優しい弾力が包み込んでくれる。

匂いをいっぱい吸いこんで心を休め、目を閉じて残された問題に意識を向けた。

父と兄が話してくれた内容から、竜王の急逝は事実なのだと知った。

たくさんの流れ星が降った夜、側近たちの目がわずかに王から離れたその時、いきなり天を仰ぎ見て血走った眼を見開いたかと思うと、何事かを呟いて絶命したのだという。

そして、その直後に王妃はたくさんの卵を産み、産後の疲れを顧みずに戦争終結を宣言したのだそうだ。

ドラグーラ国内はいっきに混乱に陥った。落ち着くまで三か国会談は待ってくれと各国に通達がなされたが、それを聞いた二国の王は使者相手に大激怒した。

当然の反応だ。こちらはわけもわからぬまま戦線布告された上に、あわやこの世から殲滅される寸前だったのだ。

なのに、またもや急に終結宣言をし、説明は後でするとはあまりにも勝手がすぎる。

しかし、使者は額を地に擦りつけて懇願し、その必死さに二国の王は不承不承頷いたのだという。

実情を聞いて、私はひそかにほっと胸を撫でおろした。

何事もなく子供たちの魂は母の許に戻れたようだ。でも、その代わり……いいえ、それ以上の魂がこの世界から消し去られたのも事実だ。

誰が贖《あがな》うの？　神様？

ごろごろと寝台を転がり、悩みに悩んだ末に事の真相を父たちに打ち明けることにした。

ただ、獣王様に伝えるかどうかはふたりの判断に任せるつもり。私の話を聞いて、それを夢幻《ゆめまぼろし》と切り捨ててもいい。与太話だと笑い飛ばしてくれてもいい。

トールから渡された差し入れの入った袋を胸に、私はふたりが待つ居間に降りていった。

「父さんと兄さんには、ちゃんと話しておきたいの。私が、どうやって生きて帰れたのかを……」

そう最初に断って、真摯な気持ちで事の成り行きを話し出した。

草原地区の空き地で出会った不思議な青年トールとレイモンドのこと。トールは異世界で食べ物を作って売っている商人で、レイモンドはトールや私と違う世界から、トールの住む世界へ一時避難している人だったこと。

「その彼も……ドラゴンと称される竜種に襲われていたと？」

「ええ。彼の世界の竜は、魔獣と呼ばれる野生の生き物なの。とにかく大きくて空から群れで襲ってきて、王城すらあっという間に破壊されてしまって大変だったみたい」

「フィヴは見たのか？　そのドラゴン……を？」

「見たわ。空の高い所を悠々と飛んでいるの」

少女の考えた夢物語にしてはあまりにも血生臭い内容に、父と兄はそれをただの妄言と切り捨てるつもりはないようだ。

父は難しい顔で腕を組むと、顎をしゃくって私に話の先をうながす。

「私が彼らに助けられて、トールの世界へ避難した日の夜だったわ。トールが夢を見たの。幼い子供たちの声と老人の声だけの。そして翌日はレイモンドが――」

その夢に導かれて、私たちはあのキッチンカーの中で衝撃的な光景を目撃することになった。

ふたつの異世界の竜魂《りゅうこん》を入れ替えるために、私とレイモンドは世界と神に選ばれ、トールを通してその役目を負わされた。

「神の手違いとは……」

兄が悔しげな声で呟き、両手で顔を覆った。

やりきれない気持ちだけを残した災厄。

「私もレイモンドも、魂が戻れたことは素直に喜んだわ。子供に罪はないし、これで戦いは終わると……。もうこれ以上失うことはないと確信して、急いで帰ってきたの。でも、失った人たちは戻らないのよね。神様は世界を大切に思っても、そこに生きる一人ひとりの生は些末な欠片でしかないのかも知れない……」

暖炉の薪がパチリと音を立てて爆ぜ、小さな火の粉を舞い上がらせる。無防備な一瞬の隙をついて火の恐怖が背筋を凍らせ、それを拭うために目を閉じて深呼吸をした。

それから――異世界に住む世話好きなふたりの笑顔を思い出し、袋の中から『サカナ』を取り出して火で炙った。

「なんだ？　それは……」

覚えのない鼻をくすぐる香ばしい匂いに、父たちの眉間が一層寄った。

「トールが最後に差し入れてくれたの。私の大好物。『サカナ』って言って、『海』と呼ばれる塩辛い水に満たされた大きくて広い湖に生きている生物なの。はい、食べて」

すでに半身しか残っていないそれを二等分に毟り、父と兄の手に渡した。

塩とサカナの脂が焦げた香りが居間中に広がり、訝し気に匂いを嗅いだり注視したりしているふたりの喉が同時に鳴った。

「大丈夫よ！　ほら！」

私はちょっとだけ残ったサカナの欠片を、大きく開けた口に放り込んだ。

ああ、美味しい。これにあの白くてもっちりしたご飯があると、もっともっと美味しいのに。

数日しか経っていないのに、もう懐かしいたくさんの味。

「これは……美味いなぁ。初めての食感と味だ」

兄がにんまりと相好を崩し、口の中のそれをゆっくりと咀嚼した。父も目を閉じて味わいながら、兄の感想に頷いていた。

「これが異世界へ行った証拠よ。私に、絶対に生き残るようにって言ってくれたトールが、最後に私に持たせてくれた食べ物よ。これで、おしまい。信じるも信じないもあとは父さんたちに任せるわ」

「ああ、判った。フィヴの話を信じよう」

「で……」

フィヴはほっと吐息を漏らし、頼もしい家族を笑顔で見つめた。

けれど、父と兄はまだ匂いのついた己の手を、名残惜し気に見下ろしていた。

「で？」

「もう、ないのか？」

さすがは私の家族だと、食いしん坊な家族に大笑いするしかなかった。

＊ 日々淡々と俺は

ビル街の営業時間を終了し、最後に周囲のごみ拾い。外回りを終えたら店舗内へ入って、キッチンカーを走らせても大丈夫なように器具や小物の固定確認をして出発準備ＯＫ。

無意識にちらっと視線を投げてしまう癖がまだ治らず、やっぱり気になって一度は窓を開けてみてしまう。

家の駐車場で繋がって以来、ジィ様の言ったとおりにこの場所では繋がらなくなった。窓を開けば、焦げ茶色のビルの外壁だけしか見えない。同じく午後から営業の住宅街の拠点も、綺麗さっぱりマンションの壁に。

おかしなもので、もう営業中には繋がらないんだと理解しているのに、無意識に目が窓にいってしまう。場所と時間が変わっただけで会えなくなったわけじゃないのに、なんだかこの時間に会えないのは物足りない。

わかってる。俺はどこかで『デリ・ジョイ』の店主として、客の彼らに会いたいと思っているんだよ。

もうそんな関係は通り過ぎて、異世界の親しい友人という関係にまで育ってる自覚はある。でも、そこに食を挟んだ時には、彼らに美味いと言ってもらえるキッチンカーの料理人兼店主でありたいんだ。

我がままだよなぁとは思うが、これが俺のポリシーだから。俺の作った料理イコール代金ではなくて、金を払ってでも食べたい料理と認められたいんだ。

とはいえ、レイモンドやフィヴにまた弁当を売るにしたって、重要な問題がまだ解決していない。

異世界の金銭で売買することへの罪悪感が、まだ払拭されていないことだ。

だって、限りなく本物に近い複製硬貨なんて、やっぱり怖いだろう？　いくら神様が造ったっていってもさ。その上、片方の世界から硬貨が消えてこっちは増えてんだぞ？　流通している硬貨の量からみれば、埃程度の枚数かも知れないけどさ。正当な商売を心掛けている俺の正義が許さないんだよなー。

だから、別の何かと交換――いちばんいいのは、受け取った俺のほうでも使えばなくなる物がい い。たとえば、異世界の食べ物と弁当を交換して、それを俺の一食分とみなして弁当代を俺の食費から売り上げとして払う。その食べ物は確実に俺が食って消費する。これならどうだ？

と、考えたことをジィ様に相談してみたんだが、俺の弁当と等価交換になる食べ物や食材が、あちらの世界にあるかが第二の問題になった。

しかし、ふたりの世界は、どんな物を食ってんだろー。

白い紙に、フィヴとレイモンド宛てに伝言を書いている。

フィヴには、『ここで会おう』とだけ。フィヴを知っている人が見たら、彼女にこの伝言を伝えてくれと添え書きして。レイモンドには、『ここに移動した』とだけ。

これで彼らなら理解してくれるだろうが、こっちみたいに芋づるがくっついてこないことを祈るしかない。

でもなー、すでにレイモンドの所でやらかしちまったしなー。

彼らが俺のことを、家族や親しい人たちに話したのかどうか。神様の失敗に関する話は、別に俺のことを前提にしなくてもどうとでも話を作れる。寝ている内に夢に見たとか、神が側に降臨して話してくれたとか、勝手に変えて話したって別に困ることはない。

真実を語っても作り話を語っても、軽く笑って流されるのは承知の上だろう。それなら、要点だけ真実を伝えておけばいいさ。

今夜は月夜。

レイモンド側の窓をそろりと開けて、窓枠外へと手を伸ばした。ざらっとした土と石の壁に触れ、飯粒を潰して付けたメモ用紙を力任せにバシッと掌を使って貼りつけ、窓を閉めた。

ポーンという着信音にスマホを見れば、野々宮さんからＬＩＮＥ入っている。

『まだ会えないの？』

『まだー』

今度は反対の窓を開けて辺りを観察。木の幹にどうやって貼ろうかと思案し、飯粒一杯付けてやっぱりバシッと貼ってみた。それからこっちは細目に開けておいて、そこから匂いの強い料理を開始してみた。

え？　売り物かって？　いいえ、俺の夕食です。冷凍白身魚を下味付けて一晩ハーブオイルに漬けておいた。それを、今からニンニクバターでソテーです。付け合わせはトマトとじゃがいも。じっくりと焼いて、匂いをあなたの世界へ。

『で、今夜の夕食は？』

『白身魚のハーブソテーと焼きトマトにじゃがいも』

『旨そう……』

『旨そうじゃなくて、美味いの！　明日、お買い求めください』

家があるのに、キッチンカー内で飯を作って食う。なんだかとても理不尽な環境だが、それもこれも後先考えずにやっちまった俺の責任なんで、この苦労は甘んじて受けよう。


そして、今夜も空振りに。

あーあと肩を落としてキッチンカー内を軽く掃除し、家に戻る。

明日の夜は、レイモンドのほうに刺激的な香りをお届けっすっかなー。カレーとか？　マーボー系も捨てがたいなぁ。

『今夜は終了。結果は惨敗』

『お疲れー』

『疲れてはいないが、店舗内で飯を食うのは侘しいな』

『……ゆっくり寝なさい』

ぽちぽちとLINEを送って、そして今日もすべてが終わった。これから風呂に入って溜めてたDVD観て寝るかぁ。


ずっとひとりだったのに、独りを寂しく感じるなんて。

これを愚痴ると、あいつらは口を揃えて言うんだろうな。さっさと彼女を作っちまえって。

そんな簡単にできるなら、とっくの昔にできてるわ！

彼女かー。

＊　なぜに俺の予測は斜め上？

家庭料理の定番といえばカレー。

学校の調理実習や野外活動の定番メニューでもあるカレー。

ルーから作る人もいれば、市販のルーを混ぜ合わせて家庭の味を作る人もいる。牛がよいと言う人もいれば、豚！　いいや、鳥！　と主張する人もいる。

芋一つとっても、煮崩れてとろっとしたカレーが好みだといって男爵イモを使う人もいるし、ごろっと大き目の具が入ってるほうが好きとなればメークインあたりか。辛さの好みだって千差万別で、カレー好きの数だけ味の種類はある。

そんなさまざまなカレーが世の中には溢れているんだが、ウチの自慢のカレーは豚ブロックをこんがり焼きつけて小口に切り、大量の玉ねぎと共にぴりりと辛めの自家製ルーで煮込む特製カレーだ。二種類の芋を使ってこってりしながらもじゃがいもがごろっと入っていて、人参やトマトやパプリカなどの具は適度な大きさに仕上げてある。

なんせ丼物の人気メニューなんで大きすぎる具は偏りを生むし、さらっとした汁じゃ飯に吸われてカレー丼に見えないからな。

そんな絶妙カレーの最後の煮込みをしながら、細く開けた窓の向こうへと爽やかで刺激的な香りを送り出している。


で、魅惑の香りの罠に、見事に獲物が引っかかった。

血相を変えたレイモンドと、その兄が。

「トール！」

蝋燭《ろうそく》でも懐中電灯でもない不思議な灯りをともすカンテラを手に持ったレイモンドが、俺の名を叫びながら鬼気迫る表情で部屋に駆け込んできた。

「それどころではない！　兄に見つかってしまったじゃないか！」

「おう！　元気だったか？」

え⁉　と驚いて、焦りまくっているレイモンドの後ろへ視線をやると、彼に似てはいるがカラーリングと体格がまったく違う男が、俺を凝視しながらあんぐりと口を開いて突っ立っていた。

お？　この人は、前に偶然遭遇してしまった赤毛のお兄さんじゃないか？

「悪い。窓がここに繋がったことを、早く知らせないとと思ってさ。なんだか人の家の中みたいだし……」

俺が悪びれることなく謝罪したことで、レイモンドはそれ以上の怒りを持続できずに肩を落とし、呆れたように笑った。

「ここは兄の店の倉庫だ。数日前から嗅いだことのない匂いがすると兄が騒ぐのでな。まさかと思いながらも来てみたんだが、カレーの香りがすることに驚いたぞ！」

「やっぱりカレーは一発だなっ」

「トール。能天気過ぎだ……」

「すまん！　なんかさ、全然知らない建物の一室だし、レイと再会する前に別の誰かに見つかるのは仕方ないかと開き直ってた」

それを聞いて諦めたのか、レイモンドは頭を掻くと後ろを振り返ってお兄さんを呼んだ。

「三男のエリックだ……」

「こんちはー。俺はトール。レイモンドの友人です」

エリックさんは化石化したように、レイモンドの呼びかけや俺の挨拶にも微動だにせず、戸口から入って来ようとしない。それどころかだんだんと顔色が蒼白に変わっていって、しまいにはじりじりと後退りながら戸口から消えた。

「はぁ⁉」

「お、おい！　エリック兄さん！」

「た、大変だ！　レ、レイが古代の精霊と話しているぞ！」

あまりのことに呆気にとられて出遅れたレイモンドは、エリックさんを追いかけようと戸口に駆け戻ったが、続いたエリックさんの叫びを耳にして足を止めた。大音声の叫びと足音が凄い速さで遠ざかっていくのに、がくりと膝を折ってしゃがみ込むと「我が兄ながら……」と項垂れた。

「お、俺はいつの間に精霊にっ！　ぶはっ！」

俺は俺で、不法侵入どころか古代の精霊扱いされたことに、腹を抱えて大笑いしていた。

だいたいレイモンドより屈強で強面なイケメンが、我を忘れて俺を凝視していたと思ったら精霊だ！　と叫びながらフェードアウトだぞ？　笑わずにいられるか！

「トール……いつまで笑っているつもりだ……」

「ゆ、幽霊ってんなら解らんでもねぇが、俺のどこが精霊なんだ？」

「ここはな、古代の人々が暮らしていた深い地下なんだ。そんな場所で、壁から上半身だけ出していれば、古代の精霊と間違えられても仕方ないぞ……」

ようやく笑いの発作から立ち直り、目尻に浮かんだ涙を拭いながら窓から身を乗り出して、灯りに照らし出された倉庫の中を観察した。

エリックさんのことはレイモンドにまかせて、俺はここが建物の中じゃなく地下倉庫だってことに興味を移す。

明りとりの窓がないだけに、今が昼なのか夜なのかわからない。でも、人が住んでいる場所じゃないからあまり人の目を気にせずにすむのは都合がいい。

商会の倉庫となれば、従業員が入ってくることもあるだろう。でも、レイモンドの血縁者や近親者以外には、俺は見えないらしいからそこは心配無用だな。気にかける相手は、レイモンドの兄貴たちだけみたいだしな。

「へぇー、地下にしては息苦しくないな？」

「大昔は住居だったと言っただろう。だから、風を通す魔法陣が随所に設置されている。それよりも……なぜ場所が変わったんだ？」

レイモンドはよろよろと立ち上がると疲れ切った顔で扉の閂《かんぬき》を掛け、俺の前に木箱を運んで腰かけた。

「月夜の晩に窓が繋がっただろう？　あれを切っ掛けにして、片方なら繋がるようになったんだってさ。で、昼間の拠点は必要なくなったから繋がりを切ったって話だ」

「フィヴのほうもか？」

「おう。レイたちとは縁が繋がっているから近くに移動させたんだってさ。フィヴのほうは森の中に引っ越した」

灯りがひとつだけだからだろうか、正面から見るレイモンドはなんだかすこしやつれた様子が窺える。

「……父たちに神の不手際に関しては話したんだが、トールに助けられて異世界に避難していたことは黙っているんだ」

「なるほど。だから、さっきは驚かれたのかー」

「トールの話までしたら、まるで夢物語だからな」

俺の立場じゃ、黙って了承するしかない。

神様の失敗だって信じられないような事情なのに、それが原因で異世界に連れ込まれたなんて言っても誰も信じないって。最悪、頭の中身がおかしくなったかと疑われるぞ。

「しっかし、レイと最初に出会った時は魔法使いの薬師？　だっけに間違えられたのに、なんで今度は精霊なんだよ？」

「店を隠す薬師でも、さすがに他人所有の室内に無許可で隠しはしないっ」

「おー、そっかー。でも、どうする？　ごまかすなら当分は窓を開けずにいるけど？」

う〜んと唸ったレイモンドはしばらく瞑目すると、今度は乱暴に頭を掻きむしり、ぱんと膝を叩いて立ち上がった。

「今夜にでもきっちり説明する。エリック兄さんと出会ってしまったし、話したいこともたくさんあるし！」

「おう。そうしてくれるとありがたい。あ、あのな。俺とこうして会えるのは、レイの血縁者だけらしい。親しい人や友人なんかじゃ、顔すら合わせられないいんだってさ」

俺の説明に、目を見開いて首を傾げる。イケメンがそんな可愛い仕草をしても似合わんぞ。

「なんだかよく解んないんだが、縁なんだとさ」

「……承知した」

レイモンドは、気の抜けた口調で返事をすると戸口に向かう。

俺はその背を見送りながら、これから始まるオルウェン家の大混乱に思いを馳せ、苦労するだろうレイモンドに心の中で土下座した。

わざわざ内緒にしてたのに、俺の不用意な行動で隠し通せなくなったんだからな。

壁に貼りつけておいた用済みの伝言を剥ぎ取って握りつぶし、ジーパンのポケットに突っ込む。

拳の中でぱりぱりと小さな音を立てて崩れた紙片に苦笑しながら。

ふと顔を上げると、レイモンドが扉の前で振り返っていた。

なんだ？　と目線で問うと、さっきまでとは違うキリッとしたイケメン面で俺を見返す。

「……ところで、カレーは？」

こ……こいつは！　さっきの俺の殊勝な気持ちと時間を返せ！

「これは明日の営業用だ」

ニヤリと悪い笑みを投げて、ゆっくり窓を閉めた。

最後に、レイモンドの舌打ちが聞こえた。

次はフィヴだな。

俺はカレー鍋を手に母屋に戻ると、夜食の用意を始めた。

え？　夜食はもちろんカレーですが？

営業用じゃないのかって？　まさか、そんなわけないっしょ？

キッチンカー『デリ・ジョイ』は作りたてをご提供してます。

「さて……フィヴはどんな料理で釣ろうかなー」

俺は、カレーを掻き込みながら思案した。

＊電気と魔力とマッスルパワー！

＊　使えるからといって、理解しているとは限らない

キッチンカーの中に入った途端、おもむろにフィヴから質問を投げられた。

「デンキって、なに？」


ふたりの異世界人をそれぞれ別な事情で、俺の世界に引っ張りこんでからもうすぐ一週間。

はじめにレイモンドを引っ張り込んだ時は、命がけで走るヤツを見た途端に助けたいっつー感情以外は頭になく、気づいたらキッチンカーの中って状況だった。

「やっちまった！」と狼狽し恐ろしくなったが、反省はしても後悔はしてはいない。何度試しても指一本入れなかったキッチンカーが許したんだから、これは神様の気まぐれなんだと開き直った。

キッチンカーが走り出した時にはビクついていたレイモンドも、透瀬家内とキッチンカー内限定だが異世界生活を堪能している。

魔力や魔法っつー不可思議なモノが存在する世界の住人だからなのか、透瀬家に設置されている道具やエネルギーに関して、執拗に掘り下げようとはしなかった。それよりも、この奇跡を有意義なものにするために、限られた時間と思考を使うことに決めたらしい。

風呂やトイレやガスレンジ。オーブンに洗濯機にテレビ。

どれもこれも見るのも初めてなら触る機会すらなかった『謎の道具』は、俺が詳しく説明したって理解できないとすぐに察したらしく、それなら無駄に時間をかけるより、それらを思い切り使ってみたいっつー方向に考えを改めたようだった。

お陰でヤツに風呂場を長時間占領されたり、食事もうわの空になるほどテレビ前を占拠されたりして、俺の愉しむ時間が削られたりもしたが。

驚愕のあとに憧憬《どうけい》や羨望、願いと諦めの感情がときおりレイモンドの横顔に浮かんでは消える。でも、俺はそれに気づかないふりをして、黙って苦笑するだけだ。『当然』を無意識に甘受して生きている俺。本当に恵まれているんだと、しみじみ実感した。

俺の戸惑いなんか顧みず、レイモンドは数日で家電の扱い方をものにしてゆく。文化も習慣もまったく違う異世界人なのに、この順応の速さはなんだ？　と驚くしかない。

「それは、トールとキッチンカーが存在してくれているからだ。それと、美味い料理に、何といっても風呂！」

「レイ……俺の料理は風呂に負けてるのかよっ」

「いいや。比べるべきものじゃないのさ。どれも楽しく……とても素晴らしい経験だ」

お貴族様の四男は、優雅な所作で胸に手を当てると口の中で祈りの言葉を呟いた。

野郎ふたりの同居がどうにか順調に滑り出したところに、これまた異世界からフィヴが飛び込んできた。

経験者のレイモンドがキッチンカー内でいろいろとレクチャーしてくれる内容に、フィヴも真剣な表情で耳を傾けている。

野郎とは違う若い女の子特有の夢のような妄想と興味が、今のフィヴを衝き動かしてるようだ。帰宅中のキッチンカーの中でも、戦々恐々としていたレイモンドとは対照的に、不安や恐怖よりも興奮が勝っているらしくはしゃぎまくった。

一見西洋人風な外見のレイモンドよりケモ耳と尻尾というヤバい容姿をしたフィヴには、ここが異世界だってことをきっちり認識して欲しいんだが、目を爛々《らんらん》と輝かせて異世界日本を眺める彼女の好奇心を止めるのは不可能だった。

「だって、珍しくて不思議で、綺麗で素敵で可愛くてカッコイイ物に溢れてるんだもの！　こんな機会は、この先どんなに望んでもやってこないわ。それなら、今できるだけ経験を積むしかないの！　ねっ？　レイもそう思うでしょう？」

「そうだな……。異界を渡るのは、いわば神の奇跡であり気まぐれだ。この機を逃せば、もうこんな経験は味わえないだろう」

「こちらの物は、私たちの世界に運び込めないって判っているんだもん。触って使って感じて確めて、もしかしたら私たちの世界の未来にも――って思うじゃない？」

なるほど、と思い至る。

もしかしたら、ふたりの世界の未来にもこんな時代がくるかもしれない。神様が違うから世界の

＊　使えるからといって、理解しているとは限らない

理も違うだろうが、それに沿ったよく似た何かを工夫して、どこかの誰かが発明した物で文化や生活が劇的に発展する時がくるのかもしれない。

腕を組んでうんうんとひとり頷いている俺に構わず、レイモンドとフィヴは通販カタログに視線を落としてあーだこーだと言いあっている。

夜のキッチンカーの中は、夏真っ盛りなのにすこしだけひんやりしていて居心地がいい。夕食後にキッチンカーで雑談時間を取ろうと決めてから、俺たち三人の日課になった。翌日の仕込みがあるから余裕はわずかだが、それでも苦労なく会話を交わす時間は必要だった。そんな俺たちにキッチンカーの付喪神であるジィ様は、心地よい空間をと気配りしてくれているらしい。


カチカチとレイモンドの手元で音がする。

渡したボールペンがことのほか気に入ったようで、肌身離さず持ち歩いて無意識にノックしまくっている。

俺はこっそりとほくそ笑み、また頷く。うんうん。わかるぜ。愛着がわくと手に馴染み、そして離しがたくなるんだよな。

カチリと音が止まり、ボールペンは小さなメモ帳の上を滑って俺の知らない文字を書き出してゆく。

その時だ。いきなりフィヴがカタログから顔をあげて俺を見た。

「ねぇ、デンキってなに?」

瞬間的に俺はフリーズした。

来たか。この質問が。

こっちに来た当初、レイモンドも同じ質問を俺に投げかけた。これは異世界人なら誰もが疑問に思うのだと悟った。

「あー、家財道具を動かす原動力？　かな？」

俺はレイモンドにしたように、同じ回答をフィヴにも返した。

しかし、フィヴは不服だったようだ。つんと薄桃色の唇を尖らせて、ちらりとレイモンドに目線をやってからまた俺に戻す。

「そんなのは解ってるのっ。その原動力であるデンキって、何でできてるのかを尋ねているのっ」

「電気かぁ……ん～～」

「ねぇ？　トールは今『デンキ』って言ったのよね？」

「はぁ⁉　そうだけど？」

何を言ってんだ？　と訊き返そうとして、ここで気づく。

質問の始めからフィヴは日本語で『デンキ』と発声している。唇の動きを見ればすぐに気づいただろうが、翻訳機能が働いているって前提ができあがっちまっているせいで、知らず知らずの内に忘れていた。

そうなんだ。翻訳されているってことは、このキッチンカーの中でも三者三様の言語を使っているんだ。ただ、外では翻訳機能が使えないだけで。

そうなると、おかしなニュアンスを含んだフィヴの質問が示す点も読めた。

「もしかしたら、俺の発する『デンキ』って単語は、ふたりには別の翻訳がされてるんじゃないかと？」

「そう！　そうなのよ！　私にはトールが『デンキ』と言ってる時に『カミナリ』と聞こえるの」

「ああ、それは僕も同じだ。雷ほど直接的ではないが『電撃力』と」

……なんだ、その『デンゲキリョク』ってのは。

「そうかぁ。そこまで意識してなかったよ。レイがこっちに来てすぐに『どんな力で動いているんだ？』って訊いてきたじゃん？　それと同じ質問だと思ったんだよなー」

「あの時、トールは『魔力とよく似た力だ』と答えてくれた。だから、それ以上詳しくは尋ねなかったんだ。トール自身も深いところまではあまり詳しくはない様子だったし、僕もきっと理解できないだろうとすぐに見当がついたからな」

なるほど。あの時のレイモンドの引き際の良さは、洞察力と気遣いの賜物だったわけか。見事な推察だ。

「大体、僕に魔力を詳細に説明してくれと問われても、それは絶対に無理だ。僕が答えられることは、神からの恩恵だくらいなものだから」

すまし顔で話すレイモンドに、俺とフィヴは噴き出した。

無知であることを隠さず開き直るその態度は普段のレイモンドらしくなく、ただの残念イケメンにしか見えなくて笑わせてくれる。

「でもな、雷っつー翻訳は正解じゃないけど間違いでもないんだ。『デンキ』ってやつは雷を光らせるために使われる物凄い力を、いろいろな材料やさまざまな道具や施設を使って人工的に作り出したものなんだ」

「多種の材料を使って、雷と同様の力を人工的に作っているのか……。僕の世界でも、希少鉱石に空中に漂う魔力を吸収させて溜め込む研究が進められている」

真っ先に呑み込んだのはレイモンドだ。

おお、そりゃ乾電池みたいなものか！　すげぇ。

そして、フィヴだが相変わらずの不満顔だ。

「レイの世界には魔力があって、トールの世界にはデンキがあって……私の世界には、そんな力なんてないわ！　とっても不公平！」

フィヴはそう叫ぶとすっくと立ち上がり、後は何も言わずにキッチンカーから駆け出していった。


洗濯籠を抱えて居間を横切りかけていると、粘着コロコロで掃除をしてくれているはずのフィヴが四つん這いでじっと動かずにいるのに気づいた。耳も尻尾も微動だにせず、何かに没頭している。

そろりとにじり寄って上から手元を覗き込むと、腰壁の下部に設置されているコンセントを熱心に凝視していた。

「そんなトコ覗いても、デンキは見えないぞ」

言葉は通じていなくても声をかけて首を横に振ってみせると、フィヴは肩を落として溜息を漏らした。こころなしか、ぴんと緊張していた銀毛の耳や尻尾もへにゃっと萎れている。

フィヴはどうも、レイモンドの世界の魔力っつーエネルギーは無理でも、魔力のない世界で人工的に作られる電力なら彼女の世界でも作れるんじゃないっつー考えに至り、そこでデンキっつーモノを見てやろうとコンセントプラグや電線を観察しているらしい。

だが、見えるわけないから首を振って否定してやるしかない。

電気イコール雷光と誤解しているのはわかったが、雷の光は現象のひとつだと説明しても理解を得るのは難しいそうだ。料理のことなら知識を駆使して教える自信はあるが、科学はなぁ……地頭よくねぇし？　学生の頃に習ったもんなんて、すでに忘れきってる。はぁー。凡人でごめん。

気軽に外出できるなら、科学博物館や発電所の見学コースに連れていってやれるんだがなぁ。

あれも無理、これもダメ。この小さな家とキッチンカーの中だけに閉じ込めておくのは、マジで胸が痛い。

でも、ふたりを外に出した場合、どんな危険に遭遇する可能性があるかを真剣に話して聞かせた。

法治国家の日本じゃ、この世界の住人だという証明ができなければ犯罪者扱いされて、最悪の場合は透瀬家より狭い檻の中に閉じ込められてしまう。それでもレイモンドなら国籍不明の『人間』としてどうにかなるだろうが、フィヴはもっと恐ろしい目に遭うかもしれない。一瞬ならコスプレで逃げきれても、生物的差異を知られてしまえば未確認生物扱いだ。

俺にとっちゃフィヴは可愛くて生意気な豹耳美人さんだが、公になってしまったらそんな悠長なことは言ってられないだろうさ。まあ、日本なら一部のマニアが立ち上がって大々的な解放運動を行ってくれるんじゃないかと思えるが。

そんな俺の危機管理に、フィヴは頬を膨らます。

店舗内の半分ほどの範囲を明るく照らすカンテラの灯りの中、白い頬っぺたがつるんぴっかり光っている。

「こう見えても獣種なのよ。そう簡単に捕縛されるほど鈍くはないわ」

豹耳お嬢様と腰に手をあててすっくと仁王立ちすると、顎を逸らして宣う。

つんとした形いい鼻と艶々と輝いている銀髪と同じ色の丸みのあるふたつの耳が、どちらもピクピク動いているのが可愛い。

今夜の彼女の出で立ちは、俺が通販で（下着を購入するのが主目的）買ってやった涼しげなノースリーブのワンピース姿だ。後ろの裾からちらっと見える尻尾の先が、くるくる円を描いている。

どんなのが着てみたいかと通販カタログの中から選んでもらったんだが、うっとり頬を染めて長時間あれこれと思案した末に決定した一品。薄いピンクの木綿でできた、胸の下で切り替えのあるふわっとした膝下丈の女の子らしいフレアワンピース。

嬉しげな声をあげながら着替えていた隣室で、野郎ふたりがニヤついていたのは秘密だ。

それだってのに、目の前のフィヴはなんだか雄々しい。

「フィヴ、せっかくのドレスが台無しだ。名家の令嬢がそんなふうに足を開いて立つのはダメだ。フィヴの品位が落ちることになる」

さすがは貴族のご令息だ。年頃の女の子がドレス姿で仁王立ちするのは許せなかったもよう。

フィヴはすぐに「あっ」と小さく声を漏らし、足を揃えて姿勢を改めた。白い頬に朱が散って、恥ずかしそうに俯いた。

＊　使えるからといって、理解しているとは限らない

ちょっとの仕草が、やっぱり女の子だなーと俺の心をくすぐる。ふひひ。

ちなみに、男爵家四男様の今日の格好は、なんと紺の甚平《じんべい》にサンダルだ。

日本の夏の蒸し暑さにまいりかけていたレイモンドに、俺が小さい頃に亡くなった爺ちゃんのお古で悪いがどうかな？　と詫びながら渡してみた。昔の人ながら高身長だった爺ちゃんのそれはぴったりで、くるぶし丈だったのも気に入ったらしいレイモンドは、風呂から上がるとかならず甚平姿だ。

それはさておき、兄貴気取りで説教をかます貴族令息のレイモンドだって、調理中の俺の横で隙を見てつまみ食いしたり、長風呂のし過ぎでぶっ倒れたりしたんだぜ。ご令嬢の前では、黙っててやる俺の友情に感謝しろ。

「フィヴが勇ましいのは知ってるが、この世界は逃げ足の早さでどうにかなるような、単純な発展はしてないんだ。高速で動く物体を簡単に行動不能にできる道具がたくさん存在しているし、抵抗が過ぎれば命を取られる場合だってある。警戒することに越したことはねぇんだ」

「……それって、竜種の先兵より強いの？」

「うん。あっという間に捕まるし、もっと危ない」

「そっかぁ……。デンキなんて凄い力を作り出す世界だものね」

「僕らは、トールの世界に遊びに来たわけではないんだ。家族や友が待つ自分の世界に、なんとしてでも還らなければならない。いくら貴重な経験を得る機会であっても、命を粗末にしてはいけないんだ」

レイモンドが真摯な眼差しで俺たちを見やり、厳かな口調で告げる。

ここへは避難してきただけ。おのおのの世界に無事に帰還するのがいちばんの目標だ。

「わかったわ。ちょっと浮かれてたみたい。美味しいご飯と素敵なドレス――楽しい生活に」

すこしだけ寂しそうにフィヴは微笑んだ。

楽しい時間は有限だ。ここは、ふたりにとっちゃ夢の世界みたいなもの。

キュウッと胸が苦しくなる。

「しかしな、ここにいる間はできるだけ気持ちよく過ごしてほしいのも、俺の本心だからな」

「頼りにしてるぞ」

「おう！　まかせとけ！」

＊　それは、女子力と違う！

料理というものは、すこしの化学とひらめきだ。

基礎をという親の許から己の五感を頼りに、独自の味を目指して独立する。アレンジという独り生活に挑戦し、失敗やそこから生まれる発見をへて『俺流の美味い飯』に辿り着く。

つまり、何が言いたいかというと、基礎を疎かにするんじゃねぇっ！　ってこと。

基礎といえば、まずは調味料だな。よく、『味付けのさしすせそ』なんて表わされ、この順番で使えば美味くなるとまことしやかに伝えられているが、まあ、話半分なんだと思ってたほうがいい。

「真っ白な塩……」

「甘味とは、たくさんある物なんだな……」

溜息のような驚きと感嘆の声が、ふたりの唇から漏れる。

ここはキッチンカーの中。

店舗内清掃を手伝うと申し出てくれたふたりを頼り、指示を飛ばしながら手早く丁寧に進める。いつもは暗くて見えづらかったり、車内の隅や助手席に隠れてもらったりしてるため、明るい時間に店舗内をじっくり見学させてやれなかった。

謎の移動式屋台の窓を境界にして、異世界の理が変化する様を見続けてきた。レイモンドたちにとったら、一生知らずに終わるはずの異空間だ。

俺の仕事場だってことは充分に理解しているから清掃も見学も恐る恐るだったが、ずらりと並んだ調味料や香辛料が並ぶラックにふたりは興味を持ったようだ。初めて見る調味料や香料などの食材にいちいち驚きながら、レイモンドとフィヴは片っ端から味見をせがんできた。仕方ないから、ちょっとだけ手のひらに落としてやる。香料や香辛料を嗅いだり舐めるたびに、舌を出して顔を顰《しか》め、急いで水を飲む姿にニヤつく。

「フィヴんとこの塩は、白くねぇの？」

塩の入った小瓶を摘まみあげて、軽く振りながら覗き込んでいるフィヴの背に尋ねる。

「岩山から採れるから、ちょっぴり土色なのよ。あとは、沼の畔《ほとり》でも採れる薄い緑色の塩もあるわ。

甘味は、樹液や砂糖の葉を精製したりガヌゥーンっていう家畜のよだれ――」

「ちょっと待った！　今、家畜のよだれって言ったか？」

「え？　う、うん。唾液がね、物凄く甘いの」

にっこりほんわか美人は微笑みながら語るが、俺とレイモンドは「うへぇ」ってな顔をして絶句し、それ以上の説明は遠慮した。

謎の家畜の唾液は、もちろん精製して使うんだろうと自分に言い聞かせつつも、もしかしたらそのまま……なんて告げられたら怖い。それって、衛生的に問題ないのか？　と問いたいが、藪蛇《やぶへび》になりそうなんで黙ってる。

現にフィヴは健康だ。異世界の常識に口を出すべきじゃないと己を戒め、レイモンドとは貌を見あわせて苦笑するだけにして肚の底にしまった。

「レイんとこは？」

「岩塩が主流だな。藻塩は生産量がすくなくて高価だから、まず下級貴族や平民の口には入らない。甘味は、主に花蜜《はなみつ》と根菜らしき物から採れる……らしい。あとは、香草……だと思う」

お？　だんだんと不明瞭になってゆくぞ？

なんだ？　レイモンドの世界も『男子、厨房に入るべからず』がまかり通ってるのか？　食い意地が張ってる割にはお粗末だな。

近年、料理なんて女がやる仕事なんだから男がするもんじゃない。だから男は台所に入るな。ってな男尊女卑的な意味合いで『男子、厨房に入るべからず』を使うようになっちまっているが、出典ではまったく違う。諸説あるが、女性がやるような仕事を男はするな、なんて意味合いは欠片もない。

幕末の武士なんかごく当たり前に炭火で焼き物を作ったりしてるし、かの伊達政宗はグルメの上に自ら新しいレシピを作り出すほど研究熱心だったって逸話もあるのに、どこでこんなふうに意味が捻じ曲ったんだろう。

ともかく、男が料理をしても何もおかしなことじゃない。美味い物を食いたきゃ、自分で作るのがいちばん合理的だ。

金を出せばすぐに買えるって？　そんなのは間に合わせでしかないっつーの！　作り方が解らない？　お前の眼前にある端末の向こうには、ごまんとレシピが載ってるだろうが。

「レイ、自分で料理を作ったこと、ねぇんだろ？」

俺の脇に立つレイモンドを、じっとりとした横目で睨む。

「しっ、失敬だぞ！　僕だって行軍や任務のおりには野営の厨房係につかされたことがあるっ。そりゃあ、トールのような美味い食事は作れなかったが……」

「はいはい。でもさ、同僚に仕事で作ってやるより、家族にご馳走してやれよ。そのメモにいっぱいレシピを書いたんだろう？」

レイモンドがさまざまな事柄をメモに書き出しているのは目にしているし、判読不明な文字でかかれていても、俺に質問してくる時点で内容は見当がつく。謎な物で溢れるこの世界から、ヤツの世界で作れそうな便利アイテムがないかと探っているんだ。転んでもタダじゃ起きない努力家だよ。

そんな中、いちばん熱心に収集していた情報は、当然のことながら料理に関するレシピだ。はじめはいろいろと応じていた俺だったが、半端な仕事はできないからと途中で話を切ったりすることが多くなり、それならと祖母が書き溜めてくれたレシピノートを預けてみた。

「あ、ああ。トールのお婆様が残してくださった料理ノートはありがたい。あれは貴重な財産だと思うぞ」

「おう！　俺にとっちゃ家宝だしな」

婆ちゃんの成果を価値ありと認めてくれたのは、マジで嬉しい。

レストランで食うような高級素材で作る料理じゃなく、家庭料理のレシピばかりが載っている。でも、そこにはたくさんのヒントやアイデアが隠されてるんだ。いわば、婆ちゃんの隠し味が。

「僕でも作れそうな料理もあるし、すこし試してみたいのだが……」

「いいぜ。言ってくれりゃ、材料を用意しとく」

火を使うからひとりで作らせることは無理だけど、あんまり手や口を出さないように横で見守っての挑戦なら大丈夫だろう。優秀なレイモンドのことだ。すぐにコンロや調理器具の扱いにも慣れるだろうし。

自分で作った料理が美味ければ、もっともっとと探求心がうまれるもんだ。

ところで、妙に静かなフィヴだが、ちょこんとカウンターに腰をついて俺たちの会話をニコニコしながら聞いていた。

そこのお嬢さん。他人事みたいな顔しててんじゃない。

「で、フィヴの家じゃ、誰が飯作りしてんだ？」

母親を早くに亡くして、忙しい父と兄の三人暮らしだとは聞いている。家族で唯一の女性なんだから、とは言わない。手空きの家族が、家事を分担するのは当たり前だ。

それに、獣人家庭の食生活に興味があった。

「もっちろん、私よ。家族の中で美味しい物をいちばん知ってるのは私だし、父さんも兄さんもお仕事で忙しいもの」

おお！　やっぱり女の子だな。まあ、食いしん坊だってほうに比重が傾いてる気がするが。

「なんといったか……この世界では、有能な女性が持つ能力を」

「ん？　もしかして女子力か？」

「それだ！　きっとフィヴは女子力が高いのだろうな」

胸を張って自信満々に明言するフィヴに、レイモンドが目元を和ませこっちの流行語を使って称賛する。

が、しかーし、俺は全部を鵜《う》呑みにするほど信じちゃいなーい。

「本当かぁ？　フィヴは作る役目より食う役目なんじゃないのか？」

俺が冗談口調で冷やかすと、フィヴはキッと目尻を吊り上げた。

「事実よ！　これでも私は里いちばんの腕前なんだから！」

「おっ、強気な発言。自信ありありだな」

「当然よ。獲物の見立ても狩場の選択も確かだって信用されてるし、複数で狩るしかない大物だって私の牙と爪と拳の前じゃ――」

熱の篭ったフィヴの話を聞くにつれ、俺たちの顔はだんだんと強張っていく。レイモンドなんざ、すこしずつ後退っていってんぞ。まさにヒイてる。

「ラビやララン鳥なんて目じゃないのよ。こーんなに大きいカボゼルって獰猛《どうもう》な豚を私ひとりで仕留めて持ち帰った時なんてぇ」

凄腕狩人のフィヴ嬢は、両腕を広げて獲物の巨大さを示してくれる。ぷるんと揺れるTシャツの胸が、俺たちの目には眩しい。頬を染めて陶酔しきった可憐な美貌なんか、別の意味で男心を惑わせる。

うん。すげぇよ、フィヴ。俺たちには真似できない『力』だ。

でもな、と言うために口を開きかけた俺より先に、レイモンドが声を上げた。

「あのだな、フィヴ……」

メチャすげぇんだが、ほら、レイモンドも眉を下げて困り顔だ。

「里の女衆の中では、私が――え？　なに？　どうしたの？」

フィヴはようやく困惑気味の俺たちに気づいたのか、流れるように語っていた自慢話を切った。きょとんとした邪気のないオッドアイで、俺とレイモンドを交互に見やる。

「あのな……。トール、頼むっ」

先に声をかけて話を止めさせてしまったことに責任を感じてか、レイモンドは唇をもごもごさせて言葉を選んでいた。だが、その先にフィヴの落胆が待ち構えていると予測がつくだけに、決定的な一発を躊躇している。

こんのーヘタレめがっ。

仕方ねぇ。ここで大役を交代できるのは俺しか残ってねぇ……。

息を肺一杯に吸い込んで。

「フィヴ！　それは女子力じゃねぇ！　並みの男じゃ相手にもならねぇほどのマッスルパワー女子だって言われてるんだよ！」


マッスルパワーがどう翻訳されてフィヴの耳に届いたか知らない。

だが、一瞬の内に般若に変わったフィヴの顔と、凍りつくような寒気を覚えた気配によって、きっととんでもなく恐ろしい翻訳のされかたをしたんだと確信した。

その直後、俺とレイモンドの頬に季節外れの真っ赤なもみじが咲いた。


最後に一言。キッチンカーの中でケモミミ女子を怒らせると、もしかしたら寿命が短くなる場合があることを記しておく。のちに、獣人化を見せてもらった時の、俺とレイモンドの内心は冷汗でできた海が広がっていた。

おわり。

あとがき

初めまして。りぃんです。

この度は、拙作「キッチンカー『デリ・ジョイ』―車窓から異世界へ美味いもの密輸販売中！―」をお手に取っていただき、ありがとうございます。


当初、この物語はここでエンドマークがつくはずでした。異世界流行りの中、主人公を現代日本の青年に設定し、魔法や剣戟は横に置いてプロの料理人という能力だけで異世界人と係わらせ、ちょっと変わった展開にしようと【主人公はあくまで日本にいて、絶対に異世界には行かない】という縛りを決めて書き始めました。でも、営業車の窓越しだけの交流ではたくさんのエピソードを創り出すのは無理だろうと、今回まとめたエピソードだけで終わらせる予定でいたのです。

ところが、書き出したら止まらない。ぽつぽつと出てきたサブキャラクターも掘り下げてみたい。この後の三人の交流は？　と考えてしまったら続きが気になる。などと、考えながら書き続ける内にエンドマークは遠ざかってゆきました。

そんな時にＴＯブックス様から書籍化のお誘いが届き、連載途中なのに大丈夫なのかと悩みながらもお受けしました。初めてご挨拶を交わした際、「連載がどれだけ続くか判りませんよ？」

と告げると「三巻でも四巻でも構いませんよ」と担当様に返された瞬間の恐怖といったら（笑）
その分、いろいろと我が侭を言わせていただきましたが、親身になって聞き入れてくださったTOブックスの皆様には感謝の念に堪えません。
そして、担当様と共に私の頑固な要望に応じてくださり、可愛くて美味しそうなイラストを描いてくださったゆき哉様には足を向けて寝られません。本当にありがとうございます。
拙いながら好きな物語を自由に書き綴り、「小説家になろう」にぱらぱらと小説を掲載しだして一年が経ちました。せっかくできたご縁です。この先も大切にしてゆきたいと思っております。どうぞよろしくお願いします。

キッチンカー『デリ・ジョイ』マル秘レシピ

『ばあちゃんの出汁巻き玉子』

材料

＊卵	3コ
＊昆布だし液	100cc
＊薄口醤油	小さじ1／2
＊酒	小さじ1
＊サラダ油	少々

作り方

1 材料すべてを混ぜる。泡立てないように箸で白身を切りながら混ぜる。中火で熱した玉子焼きフライパンにサラダ油を入れ、キッチンペーパーでまんべんなくひく。

2 箸で①の卵液をたらしてすぐに固まる熱さになったら卵液を1／3流し込み、全体に広げる。焼いてる時にふくらんだ箇所は箸でつぶし、フライパンを傾けて卵液を流し入れる。

3 表面が半熟よりすこし固まったところで奥から手前に巻いてゆき、奥にすべらす。1回目は崩れてもOK。再びキッチンペーパーで油をひき、残りの半分の卵液を流し込み巻き上げるを繰り返す。2回目以降は、流し込んだ卵液を奥の卵の下にも流し入れて、段差ができないように焼く。

4 さいごに弱火でフライパンの枠に押しつけて形を整えながら、好みの焼き色がついたらできあがり。食べやすい大きさに切って、お皿に盛りつけよう。

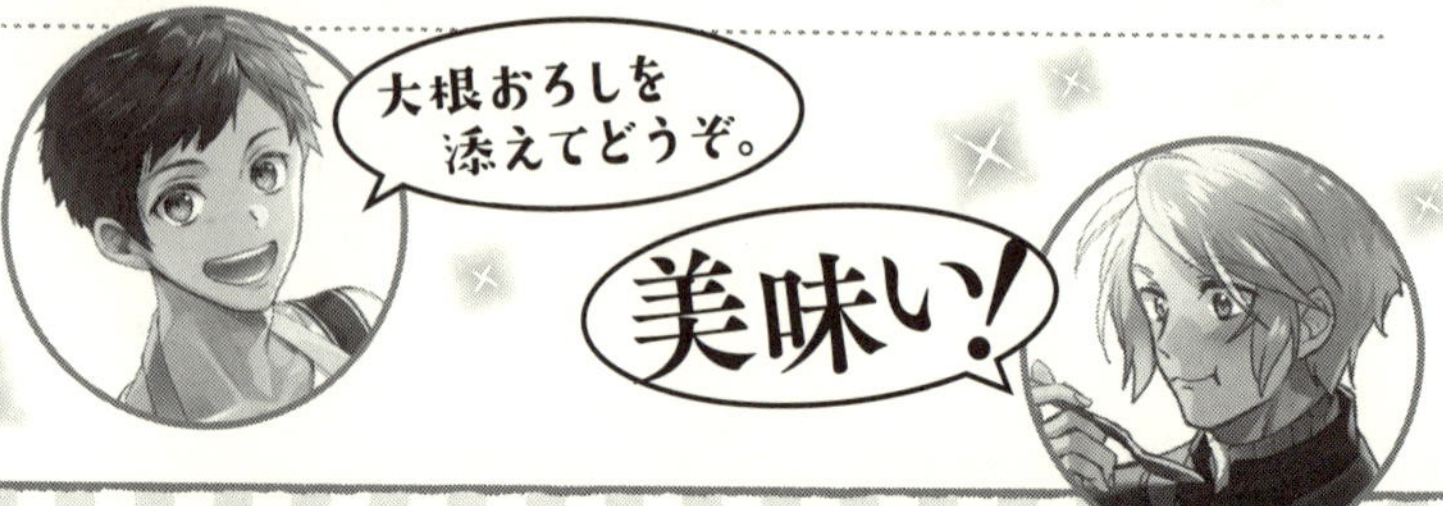

『デリ・ジョイ唐揚げ』

材料

- 鶏もも肉 …… 1枚（250～300g）
- 生姜・にんにく …… 各1かけ（すりおろし）
- 塩 …… 小さじ1／2
- しょうゆ …… 小さじ1／2
- こしょう …… 小さじ1／4
- 酒 …… 大さじ1
- ごま油 …… 大さじ1
- 小麦粉・片栗粉 …… 各大さじ2～3

作り方

1 鶏もも肉を**一口大（6～8等分）に切り**、ボウルに入れる。塩とこしょうを入れて揉み、生姜とニンニクを入れて揉み、酒としょうゆを入れて揉む。**10分ほど放置してなじませ**、最後にごま油を回しかけて、かるくまぶす。

2 ①に**小麦粉を揉み込むように**振り入れ、**片栗粉はかるくまぶす程度に**振りかける。**160度**に加熱した揚げ油（肉がひたるくらいの量）に、鶏肉をゆっくり入れる。**中火**でじっくりと**片面1.5分ほど揚げる。ひっくり返すのは1度だけ。**

3 ②で揚げた肉を取り出し、**いったん火を止めて油かすを取り除いて**から火をつける。今度は**180度**に油を加熱し、肉を再投入！　揚げ色を見ながら箸でやさしくころがし、**ほどよいきつね色**に揚がった順に取り出す。

4 **レモン**や**からし**、**タルタルソース**をなどを添えてどうぞ。

キッチンカー『デリ・ジョイ』
―車窓から異世界へ美味いもの密輸販売中！―

2019年7月1日　第1刷発行

著　者　りぃん

発行者　本田武市

発行所　TOブックス
〒150-0045
東京都渋谷区神泉町18-8　松濤ハイツ2F
TEL 03-6452-5766（編集）
0120-933-772（営業フリーダイヤル）
FAX 050-3156-0508
ホームページ　http://www.tobooks.jp
メール　info@tobooks.jp

印刷・製本　中央精版印刷株式会社

ISBN978-4-86472-820-1